# PHÈDRE

TRAGÉDIE

TEXTE INTÉGRAL

*Texte conforme*
*à l'édition des Grands Écrivains de la France.*

*Notes explicatives, questionnaires, bilans,*
*documents et parcours thématique*
*établis par*

*Xavier DARCOS,*
*Doyen de l'Inspection générale.*

Classiques Hachette

**Couverture : Laurent Carré**

**Crédits photographiques**

P. 4. *Portrait de Racine gravé par Gérard Edelinck.* Photographie Hachette.
P. 35. *Psyché du premier style hellénistique, marbre. Musée de Naples.* Photographie Roger-Viollet.
P. 95. *Acteur romain ; statuette en ivoire. Musée du Petit-Palais.* Photographie Bulloz.
Pp. 13, 38, 44, 60, 62, 68, 74, 80, 85, 92, 108, 115, 123, 150. Photographies Roger-Viollet.
Pp. 82, 101. Photographies Bulloz.
Pp. 130, 143, 145, 151, 156-157, 165. Photographies Édimédia.
Pp. 136-137, 153. Photographies Hachette.
P. 144. Photographie Agnès Varda/Enguerrand.
P. 146. Photographie Monique Rubinel/Enguerrand.
P. 155. Photographie Marc Enguerrand.


ISBN : 978-2-01-706487-9
**www.hachette-education.com**

## SOMMAIRE

Edelinck Sculp. C.P.R.
Jean Racine
de l'Accademie Francoise

*Créée le 1er janvier 1677, Phèdre représente l'apogée de l'œuvre tragique de Racine. Il a trente-sept ans et, depuis son premier chef-d'œuvre, Andromaque, joué dix ans plus tôt, il a écrit à peu près une pièce par an. Protégé et admiré par le roi, élu à l'Académie française en 1672, il atteint le sommet de sa carrière. C'est en cette même année 1677 qu'il va se marier avec une riche bourgeoise parisienne et qu'il sera nommé, avec Boileau, « historiographe du roi ».*

*Désormais, Racine n'écrira plus de tragédie. Il partagera sa vie entre sa charge officielle à la Cour et sa famille. Ce n'est qu'à la fin de sa vie que, à la demande de Mme de Maintenon, il acceptera d'écrire deux pièces chrétiennes, Esther (1689) et Athalie (1691), à des fins pédagogiques, pour les jeunes filles pensionnaires de Saint-Cyr.*

*Pour réussir, Racine a su rompre des alliances et intriguer. Il s'est vivement opposé à son vieux rival Corneille. Il s'est attiré des inimitiés et des jalousies au point que la Voisin, lors de l'affaire des poisons, l'accusera d'avoir fait mourir son actrice et maîtresse, la Du Parc. Phèdre est l'occasion, pour les ennemis et rivaux de Racine, d'organiser contre lui une « cabale ». Bref, à tous égards, Phèdre est l'œuvre-clé de Racine – et lui-même y vit son chef-d'œuvre, un aboutissement.*

*Phèdre reflète en tout cas les spécificités du tragique racinien, toutes poussées au paroxysme. La passion y est féroce et inadmissible (l'inceste). Les conflits y opposent des êtres que tout devrait unir. Le mal s'y donne libre cours. Le destin s'acharne contre les créatures, aveugles, égarées dans le labyrinthe, obsédées par une fuite impossible. Le pessimisme est extrême et chacun n'attend que la mort ou le sacrifice, tout en restant lucide sur la folie où il est plongé.*

*Racine, formé à l'école du jansénisme, puis obligé de se frayer un chemin dans une société sans pitié, convaincu que l'homme est le jeu des passions et de la volonté de puissance, a concentré dans Phèdre, une dernière fois avant de se taire, sa sombre vision de la condition humaine.*

# PHÈDRE DANS L'ÉVOLUTION DE LA TRAGÉDIE

**1620-1635 tragi-comédie baroque** :
mélange des genres – peu de règles fixes – sujet non historique – personnages de rangs divers – traces de comique – dénouement plutôt malheureux.
(Alexandre Hardy, Théophile de Viau)

Corneille
- 1636 *Le Cid*
- 1642 *Cinna*
- 1643 *Polyeucte*

**1635-1660 la tragédie héroïque** :
– les règles des unités s'imposent lentement : simplicité du lieu, concentration de l'action dans un temps limité – sujets historiques provoquant l'admiration personnages héroïques, « grands cœurs » (vertu, orgueil, générosité, défi), partagés entre leurs désirs et leur devoir – dans le dénouement, le héros n'est pas forcément écrasé par le destin.
(Corneille, Rotrou)

Racine
- 1667 *Andromaque*
- 1669 *Britannicus*
- 1670 *Bérénice*
- 1672 *Bajazet*
- 1674 *Iphigénie*
- 1677 *Phèdre*

**1660-1680 la tragédie racinienne** :
les refus de Racine :
– pas de romanesque et de galanteries : un amour absolu, cruel, funeste,
– pas d'extraordinaire, de complexité, d'incroyable : vérité humaine, simplicité,
– pas de compromis avec les règles : les trois unités,
– pas d'admiration, mais de la terreur et de la compassion,
– pas de liberté véritable : un destin inexorable, l'écrasement du héros.

*Phèdre* est la dernière grande tragédie française.

*Racine a voulu revenir aux sources de la tragédie antique. Ses premières pièces ont défié le goût de son siècle, habitué aux beaux sentiments des héros cornéliens. Refusant tout optimisme accommodant, Racine veut renouer avec un lieu théâtral sobre, dénudé, où la créature humaine est livrée à un combat inégal avec la fatalité. Cette vision est sans doute influencée par la formation janséniste de Racine.*

*Les modernes ont toujours été fascinés par la tragédie racinienne et par Phèdre en particulier. C'est qu'ils ont su traduire en d'autres termes le climat racinien et montrer qu'il atteint à ce qui nous est essentiel. Plutôt que d'insister sur le « péché originel » chrétien, ils perçoivent dans Phèdre le poids de l'hérédité : quelle responsabilité avons-nous, dès lors que s'exercent à notre insu les tares de notre sang ?*

*Mais nous sentons bien aussi que la « faute » de Phèdre touche au plus fort de l'interdit : l'inceste. La prohibition de la sexualité entre parents est universelle. Elle a des raisons sociales, sans doute, mais elle constitue aussi, selon Freud, le cœur du « refoulé » : complexe d'Œdipe, attirance-répulsion. Racine n'invente pas son sujet, mais il perpétue l'interrogation primordiale de l'homme sur le désir. Car nous désirons surtout ce qui est impossible.*

*Lire Phèdre, finalement, c'est rencontrer l'absolu. Il a nom amour. C'est le tout ou rien : ou tu m'aimes ou je te tue. Possessif, ravageur, autodestructeur, l'amour est jaloux et cruel. Pour qu'il puisse se révéler totalement, il s'attache exclusivement à une personne qui ne peut lui appartenir sans crime – ou sans inceste. Le spectateur découvre ainsi le vrai de la passion. « Il n'y a pas d'amour heureux. »*

*Liberté, interdit, passion : la tragédie – comme le mythe – réfléchit à la condition humaine. Mais elle est aussi spectacle et plaisir. Car nous voyons les conséquences de dérèglements qu'un autre vit pour nous : nous nous défoulons, nous nous purifions. Et la langue de Racine, pur poème lyrique, invite au dépaysement et au rêve, en transformant l'abomination des faits en mélodie des cœurs blessés.*

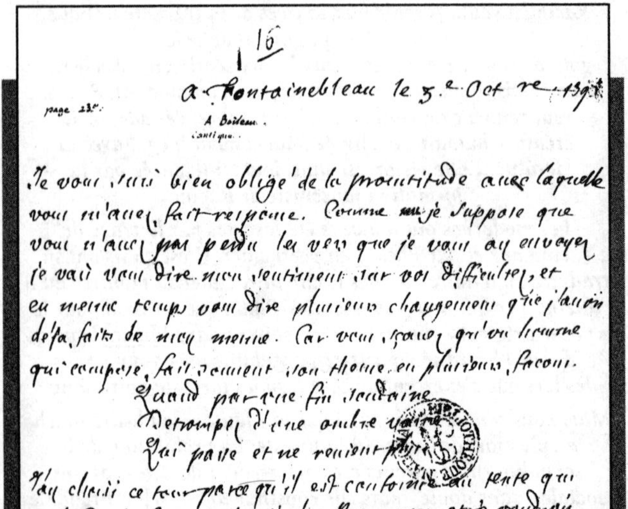

1 16

page 23.

A Fontainebleau le 3.e Oct.re 1694

A Boileau.
Cantiques.

Je vous suis bien obligé de la promtitude avec laquelle vous m'avez fait response. Comme je suppose que vous n'avez pas perdu les vers que je vous ay envoyez je vais vous dire mon sentiment sur vos difficultez, et en mesme temps vous dire plusieurs changemens que j'avois desja faits de moy mesme. Car vous sçavez qu'un homme qui compose fait souvent son theme en plusieurs façons.

Quand par une fin soudaine
Detrompez d'une ombre vaine
Qui passe et ne revient plus.

J'ay choisi ce tour parce qu'il est conforme au texte qui parle de la fin imprevuë des Reprouvez, et je voudrois bien que cela fust bon, et que vous pussiez passer par une fin soudaine, qui dit precisément la chose.

Voicy comme j'avois mis d'abord
Quand declus d'un bien frivole
Qui comme l'ombre s'envole
Et ne revient jamais plus.

Mais ce jamais me paroit un peu mis pour remplir le vers Au lieu que qui passe et ne revient plus, me sembloit assez plein et assez vif. D'ailleurs j'ay mis a la 3.e stance Pour trouver un bien fragile, et c'est la mesme chose qu'un bien frivole. Ainsi taschez de vous accoustumer a la

p.2.

Lettre de Racine à Boileau, montrant les procédés de travail du poète. Bibliothèque nationale. Photographie Hachette.

# PHÈDRE

*Tragédie*

*1677*

RACINE

# PRÉFACE

Voici encore une tragédie dont le sujet est pris d'Euripide[1]. Quoique j'aie suivi une route un peu différente de celle de cet auteur pour la conduite de l'action, je n'ai pas laissé d'enrichir ma pièce de tout ce qui m'a paru le plus éclatant dans la sienne. Quand je ne lui devrais que la seule idée du caractère de Phèdre, je pourrais dire que je lui dois ce que j'ai peut-être mis de plus raisonnable sur le théâtre. Je ne suis point étonné que ce caractère ait eu un succès si heureux du temps d'Euripide, et qu'il ait encore si bien réussi dans notre siècle, puisqu'il a toutes les qualités qu'Aristote demande dans le héros de la tragédie, et qui sont propres à exciter la compassion et la terreur[2]. En effet, Phèdre n'est ni tout à fait coupable, ni tout à fait innocente. Elle est engagée, par sa destinée et par la colère des dieux[3], dans une passion illégitime, dont elle a horreur toute la première. Elle fait tous ses efforts pour la surmonter. Elle aime mieux se laisser mourir que de la déclarer à personne, et lorsqu'elle est forcée de la découvrir, elle en parle avec une confusion qui fait bien voir que son crime est plutôt une punition des dieux qu'un mouvement de sa volonté.

J'ai même pris soin de la rendre un peu moins odieuse qu'elle n'est dans les tragédies des Anciens[4], où elle se résout d'elle-même à accuser Hippolyte. J'ai cru que la calomnie avait quelque chose de trop bas et de trop noir pour la mettre dans la bouche d'une princesse qui a d'ailleurs des sentiments si nobles et si vertueux. Cette bassesse m'a paru plus convenable à une nourrice, qui pouvait avoir des inclinations plus serviles[5], et qui néanmoins n'entreprend cette fausse accusation que pour sauver la vie et l'honneur de sa maîtresse. Phèdre n'y donne les

1. *Euripide* : (480-406 av. J.-C.) poète tragique grec.
2. *la compassion et la terreur* : selon Aristote (384-322 av. J.-C.), dans sa *Poétique* (chap. 13), la tragédie doit susciter la « terreur » et la « pitié ».
3. *la colère des dieux* : de Vénus, en l'occurrence, déesse de l'amour.
4. *Anciens* : Euripide, et le latin Sénèque (2 av. J.-C. 65 ap.).
5. *serviles* : propres à un esclave.

mains que parce qu'elle est dans une agitation d'esprit qui la met hors d'elle-même, et elle vient un moment après dans le dessein de justifier l'innocence et de déclarer la vérité.

Hippolyte est accusé, dans Euripide et dans Sénèque, d'avoir en effet violé sa belle-mère : *Vim corpus tulit*[1]. Mais il n'est ici accusé que d'en avoir eu le dessein. J'ai voulu épargner à Thésée une confusion qui l'aurait pu rendre moins agréable aux spectateurs.

Pour ce qui est du personnage d'Hippolyte, j'avais remarqué dans les Anciens qu'on reprochait à Euripide de l'avoir représenté comme un philosophe exempt de toute imperfection ; ce qui faisait que la mort de ce jeune prince causait beaucoup plus d'indignation que de pitié. J'ai cru lui devoir donner quelque faiblesse qui le rendrait un peu coupable envers son père, sans pourtant lui rien ôter de cette grandeur d'âme avec laquelle il épargne l'honneur de Phèdre, et se laisse opprimer sans l'accuser. J'appelle faiblesse la passion qu'il ressent malgré lui pour Aricie, qui est la fille et la sœur des ennemis mortels de son père.

Cette Aricie n'est point un personnage de mon invention. Virgile[2] dit qu'Hippolyte l'épousa, et en eut un fils, après qu'Esculape l'eut ressuscité[3]. Et j'ai lu encore dans quelques auteurs qu'Hippolyte avait épousé et emmené en Italie une jeune Athénienne de grande naissance, qui s'appelait Aricie, et qui avait donné son nom à une petite ville d'Italie[4].

Je rapporte ces autorités, parce que je me suis très scrupuleusement attaché à suivre la fable[5]. J'ai même suivi l'histoire de Thésée, telle qu'elle est dans Plutarque[6].

C'est dans cet historien que j'ai trouvé que ce qui avait donné occasion de croire que Thésée fût descendu dans les enfers pour

1. *Vim corpus tulit* : « mon corps a subi sa violence » (dans la *Phèdre* de Sénèque, v. 882).
2. *Virgile* : poète latin (70-19 av. J.-C.) ; cf. le chant VII de l'*Énéide*, v. 761-762.
3. *Esculape l'eut ressuscité* : Esculape est le dieu de la médecine.
4. *Aricie, (...) d'Italie* : version donnée par le grec Philostrate (175-249) dans ses *Tableaux*.
5. *fable* : le récit mythologique.
6. *Plutarque* : historien grec (50-125).

enlever Proserpine, était un voyage que ce prince avait fait en Épire vers la source de l'Achéron, chez un roi dont Pirithoüs voulait enlever la femme, et qui arrêta[1] Thésée prisonnier, après avoir fait mourir Pirithoüs. Ainsi j'ai tâché de conserver la vraisemblance de l'histoire, sans rien perdre des ornements de la fable, qui fournit extrêmement à la poésie ; et le bruit de la mort de Thésée, fondé sur ce voyage fabuleux, donne lieu à Phèdre de faire une déclaration d'amour, qui devient une des principales causes de son malheur, et qu'elle n'aurait jamais osé faire tant qu'elle aurait cru que son mari était vivant.

Au reste, je n'ose encore assurer que cette pièce soit en effet[2] la meilleure de mes tragédies. Je laisse aux lecteurs et au temps à décider de son véritable prix. Ce que je puis assurer, c'est que je n'en ai point fait où la vertu soit plus mise en jour[3] que dans celle-ci. Les moindres fautes y sont sévèrement punies ; la seule pensée du crime y est regardée avec autant d'horreur que le crime même ; les faiblesses de l'amour y passent pour de vraies faiblesses ; les passions n'y sont présentées aux yeux que pour montrer tout le désordre dont elles sont cause ; et le vice y est peint partout avec des couleurs qui en font connaître et haïr la difformité[4]. C'est là proprement le but que tout homme qui travaille pour le public doit se proposer, et c'est ce que les premiers poètes tragiques avaient en vue sur toute chose[5]. Leur théâtre était une école où la vertu n'était pas moins bien enseignée que dans les écoles des philosophes. Aussi Aristote a bien voulu donner des règles du poème dramatique, et Socrate[6], le plus sage des philosophes, ne dédaignait pas de mettre la main aux tragédies d'Euripide. Il serait à souhaiter que nos ouvrages fussent aussi solides et aussi pleins d'utiles instructions que ceux de ces poètes. Ce serait peut-être un moyen de réconcilier la tragédie avec quantité de personnes célèbres par leur piété et

1. *arrêta* : retint.
2. *en effet* : vraiment, réellement.
3. *mise en jour* : mise en valeur.
4. *la difformité* : l'horreur, le monstrueux.
5. *sur toute chose* : par dessus tout.
6. *Socrate* : penseur grec (440-399 av. J.-C.), est ainsi présenté par Diogène Laerce (grec du III$^e$ s. ap. J.-C.) dans ses *Vies* (II, 5).

par leur doctrine[1], qui l'ont condamnée dans ces derniers temps, et qui en jugeraient sans doute plus favorablement, si les auteurs songeaient autant à instruire leurs spectateurs qu'à les divertir, et s'ils suivaient en cela la véritable intention[2] de la tragédie.

CAP-VIOLLET

*Masques du théâtre antique (musée de Timgad, Algérie)*

1. *doctrine : savoir.*
2. *véritable intention* : finalité, dessein.

## PERSONNAGES

THÉSÉE, fils d'Égée, roi d'Athènes.
PHÈDRE, femme de Thésée, fille de Minos et de Pasiphaé.
HIPPOLYTE, fils de Thésée et d'Antiope, reine des Amazones.
ARICIE, princesse du sang royal d'Athènes.
ŒNONE, nourrice et confidente de Phèdre.
THÉRAMÈNE, gouverneur d'Hippolyte.
ISMÈNE, confidente d'Aricie.
PANOPE, femme de la suite de Phèdre.
GARDES.

*La scène est à Trézène, ville du Péloponnèse.*

banlieu/ région d'Athènes

Pallantides: famille rivale à celle de Thésée

*Pour tous les noms propres utilisés dans la pièce, reportez-vous p. 184. Les mots de la pièce suivis du signe (•) sont définis dans le lexique racinien p. 188. Les mots techniques utilisés dans les questions sont définis p. 190.*

# ACTE I

## SCÈNE 1. HIPPOLYTE, THÉRAMÈNE

HIPPOLYTE

Le dessein[1] en est pris : je pars, cher Théramène,
Et quitte le séjour de l'aimable Trézène[2].
Dans le doute mortel dont je suis agité,
Je commence à rougir de mon oisiveté.
Depuis plus de six mois éloigné de mon père,
J'ignore le destin d'une tête• si chère ;
J'ignore jusqu'aux lieux qui le peuvent cacher.

THÉRAMÈNE

Et dans quels lieux, Seigneur, l'allez-vous donc chercher ?
Déjà, pour satisfaire à votre juste crainte,
J'ai couru les deux mers[3] que sépare Corinthe ;
J'ai demandé Thésée aux peuples de ces bords
Où l'on voit l'Achéron[4] se perdre chez les morts ;
J'ai visité l'Élide, et laissant le Ténare[5],
Passé jusqu'à la mer qui vit tomber Icare[6].
Sur quel espoir nouveau, dans quels heureux climats
Croyez-vous découvrir la trace de ses pas ?
Qui sait même, qui sait si le roi votre père
Veut que de son absence on sache le mystère ?
Et si, lorsqu'avec vous nous tremblons pour ses jours,
Tranquille, et nous cachant de nouvelles amours,
Ce héros n'attend point qu'une amante abusée.

---

1. *dessein* : décision, résolution.
2. *Trézène* : port du Péloponnèse où Thésée était venu se purifier après le massacre des Pallantides.
3. *deux mers* : mers Ionienne et Égée.
4. *Achéron* : fleuve dont le cours se poursuit dans les Enfers.
5. *Elide et Ténare* : ouest et extrême sud du Péloponnèse.
6. *Icare* : voyez le glossaire, p. 185.

HIPPOLYTE

Cher Théramène, arrête, et respecte Thésée.
De ses jeunes erreurs[1] désormais revenu,
Par un indigne obstacle il n'est point retenu ;
Et fixant de ses vœux• l'inconstance fatale,
Phèdre depuis longtemps ne craint plus de rivale.
Enfin en le cherchant je suivrai mon devoir,
Et je fuirai ces lieux que je n'ose plus voir.

THÉRAMÈNE

Hé ! depuis quand, Seigneur, craignez-vous la présence
De ces paisibles lieux, si chers à votre enfance,
Et dont je vous ai vu préférer le séjour
Au tumulte pompeux d'Athène[2] et de la cour ?
Quel péril, ou plutôt quel chagrin• vous en chasse ?

HIPPOLYTE

Cet heureux temps n'est plus. Tout a changé de face,
Depuis que sur ces bords les dieux ont envoyé
La fille de Minos et de Pasiphaé[3].

THÉRAMÈNE

J'entends[4] : de vos douleurs la cause m'est connue.
Phèdre ici vous chagrine, et blesse votre vue.
Dangereuse marâtre[5], à peine elle vous vit,
Que votre exil d'abord signala son crédit[6].
Mais sa haine sur vous autrefois attachée,
Ou s'est évanouie, ou s'est bien relâchée.
Et d'ailleurs quels périls vous peut faire courir
Une femme mourante et qui cherche à mourir ?
Phèdre, atteinte d'un mal qu'elle s'obstine à taire,
Lasse enfin d'elle-même et du jour qui l'éclaire,
Peut-elle contre vous former quelques desseins ?

1. *jeunes erreurs* : erreurs de jeunesse.
2. *Athène* : orthographe « poétique », pour éviter une syllabe.
3. *La fille de Minos et de Pasiphaé* : Phèdre.
4. *j'entends* : je comprends.
5. *marâtre* : belle-mère (sens péjoratif).
6. *crédit* : influence, pouvoir (sur Thésée).

HIPPOLYTE

Sa vaine inimitié n'est pas ce que je crains.
Hippolyte en partant fuit une autre ennemie :
Je fuis, je l'avouerai, cette jeune Aricie,
Reste d'un sang fatal conjuré[1] contre nous.

THÉRAMÈNE

Quoi ? vous-même, Seigneur, la persécutez-vous ?
Jamais l'aimable sœur des cruels Pallantides
Trempa-t-elle aux complots de ses frères perfides ?
Et devez-vous haïr ses innocents appas[2] ?

HIPPOLYTE

Si je la haïssais, je ne la fuirais pas. } litote

THÉRAMÈNE

Seigneur, m'est-il permis d'expliquer votre fuite ?
Pourriez-vous n'être plus ce superbe• Hippolyte ?
Implacable ennemi des amoureuses lois[3]
Et d'un joug que Thésée a subi tant de fois ?
Vénus, par votre orgueil si longtemps méprisée,
Voudrait-elle à la fin justifier Thésée ?
Et vous mettant au rang du reste des mortels,
Vous a-t-elle forcé d'encenser ses autels[4] ?
Aimeriez-vous, Seigneur ?

HIPPOLYTE

Ami, qu'oses-tu dire ?
Toi qui connais mon cœur depuis que je respire,
Des sentiments d'un cœur si fier[5], si dédaigneux,
Peux-tu me demander le désaveu honteux ?
C'est peu qu'avec son lait une mère amazone[6]
M'ait fait sucer encor cet orgueil qui t'étonne• ;
Dans un âge plus mûr moi-même parvenu,
Je me suis applaudi quand je me suis connu.

1. *sang fatal conjuré* : race funeste qui a comploté (contre Thésée ; les Pallantides).
2. *innocents appas* : une beauté qui n'a rien à se reprocher.
3. *amoureuses lois* : lois de l'amour.
4. *encenser ses autels* : sacrifier à son culte, à ses lois.
5. *fier* : farouche, rebelle à l'amour.
6. *amazone* : Antiope.

Attaché près de moi par un zèle sincère,
Tu me contais alors l'histoire de mon père,
Tu sais combien mon âme, attentive à ta voix,
S'échauffait au récit de ses nobles exploits,
Quand tu me dépeignais ce héros intrépide
Consolant les mortels de l'absence d'Alcide,
Les monstres étouffés et les brigands punis,
Procruste, Cercyon, et Scirron, et Sinnis,
Et les os dispersés du géant d'Épidaure,
Et la Crète fumant du sang du Minotaure :
Mais quand tu récitais[1] des faits moins glorieux,
Sa foi• partout offerte et reçue en cent lieux ;
Hélène à ses parents dans Sparte dérobée ;
Salamine témoin des pleurs de Péribée ;
Tant d'autres, dont les noms lui sont même échappés,
Trop crédules esprits que sa flamme a trompés :
Ariane aux rochers[2] contant ses injustices,
Phèdre enlevée enfin sous de meilleurs auspices[3],
Tu sais comme à regret écoutant ce discours,
Je te pressais souvent d'en abréger le cours,
Heureux si j'avais pu ravir à la mémoire[4]
Cette indigne moitié d'une si belle histoire.
Et moi-même, à mon tour, je me verrais lié[5] ?
Et les dieux jusque-là[6] m'auraient humilié ?
Dans mes lâches soupirs d'autant plus méprisable,
Qu'un long amas d'honneurs rend Thésée excusable,
Qu'aucuns[7] monstres par moi domptés jusqu'aujourd'hui
Ne m'ont acquis le droit de faillir comme lui.
Quand même ma fierté pourrait s'être adoucie,
Aurais-je pour vainqueur dû choisir Aricie ?
Ne souviendrait-il plus à mes sens égarés

1. *récitais* : faisais le récit de.
2. *rochers* : ceux de Naxos, où l'abandonna Thésée.
3. *sous de meilleurs auspices* : Phèdre devint la femme légitime de Thésée.
4. *la mémoire* : la postérité.
5. *lié* : prisonnier de l'amour.
6. *jusque-là* : à un tel point.
7. *aucuns* : pluriel propre à la langue du XVII$^{e}$ siècle.

De l'obstacle éternel qui nous a séparés ?
Mon père la réprouve[1], et par des lois sévères
Il défend de donner des neveux à ses frères :
D'une tige coupable il craint un rejeton ;
Il veut avec leur sœur ensevelir leur nom,
Et que[2] jusqu'au tombeau soumise à sa tutelle,
Jamais les feux d'hymen• ne s'allument pour elle.
Dois-je épouser ses droits contre un père irrité ?
Donnerai-je l'exemple à la témérité ?
Et dans un fol amour ma jeunesse embarquée...

THÉRAMÈNE

Ah ! Seigneur, si votre heure est une fois marquée,
Le ciel de nos raisons ne sait point s'informer[3].
Thésée ouvre vos yeux en voulant les fermer ;
Et sa haine, irritant une flamme rebelle[4],
Prête à son ennemie une grâce nouvelle.
Enfin d'un chaste amour pourquoi vous effrayer ?
S'il a quelque douceur, n'osez-vous l'essayer[5] ?
En croirez-vous toujours un farouche scrupule ?
Craint-on de s'égarer sur les traces d'Hercule ?
Quels courages• Vénus n'a-t-elle pas domptés ?
Vous-même, où seriez-vous, vous qui la combattez,
Si toujours Antiope à ses lois opposée,
D'une pudique ardeur n'eût brûlé pour Thésée ?
Mais que sert d'affecter un superbe discours[6] ?
Avouez-le, tout change ; et depuis quelques jours
On vous voit, moins souvent, orgueilleux et sauvage,
Tantôt faire voler un char sur le rivage,
Tantôt, savant dans l'art par Neptune inventé[7],

1. *réprouve* : repousse.
2. *et que* : « et (il veut) que ».
3. *si votre heure... s'informer* : si le destin en a décidé ainsi, l'esprit humain n'y peut rien contre.
4. *rebelle* : contraire aux volontés de Thésée.
5. *essayer* : mettre à l'épreuve.
6. *affecter un superbe discours* : simuler un langage orgueilleux.
7. *l'art par Neptune inventé* : allusion à la légende selon laquelle Neptune créa le cheval et l'art du dressage.

Rendre docile au frein un coursier indompté.
Les forêts de nos cris moins souvent retentissent ;
Chargés d'un feu secret, vos yeux s'appesantissent.
Il n'en faut point douter : vous aimez, vous brûlez ;
Vous périssez d'un mal que vous dissimulez.
La charmante[1] Aricie a-t-elle su vous plaire ?

HIPPOLYTE

Théramène, je pars, et vais chercher mon père.

THÉRAMÈNE

Ne verrez-vous point Phèdre avant que de partir,
Seigneur ?

HIPPOLYTE

C'est mon dessein : tu peux l'en avertir.
Voyons-la, puisqu'ainsi mon devoir me l'ordonne.
Mais quel nouveau malheur trouble• sa chère Œnone ?

1. *charmante* : envoûtante, au charme magique.

Questions

## Compréhension

- ***Les personnages***

*— Hippolyte*

*1. Il est d'abord défini dans ses rapports avec les autres personnages : ainsi est assurée l'exposition. Relevez ce qu'Hippolyte nous dit de ses rapports avec Thésée (v. 1-33), avec Phèdre (v. 34-47), avec Aricie (v. 48-65). Pourquoi fuit-il (v. 1 et 138) ?*

*2. Son récit (v. 65-113) illustre une crise. Relevez les termes qui montrent son orgueil, sa fierté naturelle, son goût de l'héroïsme. De même, quelle image de son père, Thésée, Hippolyte nous offre-t-il (v. 73-94) ? En contraste (telle est l'origine de la crise), il refuse son présent (v. 95-113) : relevez les adjectifs (v. 95-98) et expliquez pourquoi il se sent coupable. Quel est l'obstacle principal de son amour pour Aricie (v. 105-113) ?*

*— Théramène*

*3. Comment est justifié ce long entretien entre les deux personnages (v. 10-15) ? Et pourquoi Hippolyte peut-il se confier à Théramène (v. 29-94, par exemple, ou v. 133) ?*

*4. Le mécanisme de la scène est celui du quiproquo. Montrez que Théramène interprète mal les vrais mobiles d'Hippolyte (v. 8-23 ; 36-47 ; 52-55).*

*5. Comment Théramène essaie-t-il de résoudre la crise traversée par Hippolyte, dans les vers 114-137 ? Pourquoi lui rappelle-t-il l'exemple de son père ?*

- ***Les circonstances***

*6. Pourquoi avoir choisi le port de Trézène comme décor ? Observez ce qu'en disent les personnages, ce qu'il évoque, sa fonction dramatique (c'est-à-dire sa fonction dans l'action des héros). Quels sont les autres lieux géographiques évoqués ?*

*7. Le dépaysement est aussi assuré par le rappel de mythologies et d'histoires fabuleuses. Faites le relevé des noms propres et essayez de préciser à quelles légendes ils renvoient.*

*8. L'ensemble de la scène, pour ménager l'intérêt, est placé sous le signe de l'énigme. Précisez comment est entretenu le mystère concernant Thésée, Hippolyte et même Phèdre (v. 37-47).*

• ***La signification***

*9. Des relations ambiguës partout : montrez l'ambivalence des sentiments d'Hippolyte pour son père, son mélange de hantise et d'admiration. Ce conflit se répercute sur l'amour d'Hippolyte pour Aricie. De même, les relations avec Phèdre sont confuses : où le voit-on ?*

*10. Pourquoi cette insistance sur l'hérédité ? Et, d'emblée, comment l'amour est-il présenté et vécu, ici (v. 48-51 ; tirade des v. 66-113) ?*

## Écriture

*11. Comment la langue installe-t-elle une sorte d'exotisme ? Outre l'emploi des noms propres, relevez des vers dont la sonorité est ornementale ou suggestive.*

*12. Le style racinien, au travers de la tirade d'Hippolyte (v. 65-113). Distinguez d'abord les trois parties (fierté d'Hippolyte ; histoire de Thésée ; aveu de l'amour) et montrez comment se mêlent le lyrisme (sentiments, émotions, puissance de l'amour, sincérité) et l'épique (gloire, héroïsme, actions), en faisant le relevé du vocabulaire significatif.*

*13. Analysez le vers 36 : rythme de l'alexandrin ; rapport du rythme et du sens.*

*14. Réécriture : le procédé d'euphémisation. La langue tragique exprime souvent, avec élégance ou discrétion, des choses pénibles. Voyez les vers 37-48 ; 75-90. Écrivez en un alexandrin « racinien » les formules suivantes : Phèdre vous hait ; elle est moribonde ; Thésée est un tueur - un traître - un amant volage ; le Minautore a été égorgé en Crète ; Ariane a été abandonnée sur une île déserte ; je suis amoureux d'Aricie.*

## SCÈNE 2. HIPPOLYTE, ŒNONE, THÉRAMÈNE

ŒNONE

Hélas ! Seigneur, quel trouble au mien peut être égal ?
La reine touche presque à son terme fatal[1].
En vain à l'observer jour et nuit je m'attache :
Elle meurt dans mes bras d'un mal qu'elle me cache.
Un désordre éternel règne dans son esprit.
Son chagrin inquiet[2] l'arrache de son lit.
Elle veut voir le jour ; et sa douleur profonde
M'ordonne toutefois d'écarter tout le monde...
Elle vient.

HIPPOLYTE

Il suffit : je la laisse en ces lieux,
Et ne lui montre point un visage odieux[3].

## SCÈNE 3. PHÈDRE, ŒNONE

PHÈDRE

N'allons point plus avant. Demeurons[4], chère Œnone.
Je ne me soutiens plus : ma force m'abandonne.
Mes yeux sont éblouis du jour que je revoi[5],
Et mes genoux tremblants se dérobent sous moi.
Hélas !

*(Elle s'assit.)*

ŒNONE

Dieux tout-puissants, que nos pleurs vous apaisent.

---

1. *fatal* : marqué par le destin (la mort).
2. *inquiet* : qui empêche de dormir, de se reposer.
3. *odieux* : qu'elle déteste.
4. *demeurons* : arrêtons-nous.
5. *revoi* : forme conforme à l'étymologie, qui crée une « rime pour l'œil » avec « *moi* ».

PHÈDRE
Que ces vains ornements, que ces voiles me pèsent !
Quelle importune main, en formant tous ces nœuds,
A pris soin sur mon front d'assembler mes cheveux ?
Tout m'afflige et me nuit, et conspire à me nuire.

ŒNONE
Comme on voit tous ses vœux l'un l'autre se détruire !
Vous-même, condamnant vos injustes desseins[1],
Tantôt[2] à vous parer vous excitiez nos mains ;
Vous-même, rappelant votre force première,
Vous vouliez vous montrer et revoir la lumière.
Vous la voyez, Madame ; et prête à vous cacher,
Vous haïssez le jour que vous veniez chercher ?

PHÈDRE
Noble et brillant auteur d'une triste famille,
Toi, dont ma mère osait se vanter d'être fille,
Qui peut-être rougis du trouble où tu me vois,
Soleil[3], je te viens voir pour la dernière fois.

ŒNONE
Quoi ? vous ne perdrez point cette cruelle envie ?
Vous verrai-je toujours, renonçant à la vie,
Faire de votre mort les funestes• apprêts ?

PHÈDRE
Dieux ! que ne suis-je assise à l'ombre des forêts !
Quand pourrai-je, au travers d'une noble poussière[4],
Suivre de l'œil un char fuyant dans la carrière[5] ?

ŒNONE
Quoi, Madame ?

PHÈDRE
Insensée, où suis-je ? et qu'ai-je dit ?
Où laissé-je égarer mes vœux• et mon esprit ?

1. *injustes desseins* : vos décisions injustifiées de ne plus sortir.
2. *tantôt* : tout à l'heure (nous sommes au matin).
3. *Soleil* : car Pasiphaé, mère de Phèdre, descend du soleil.
4. *noble poussière* : celle que soulève le char, sport aristocratique (« *noble* ») cher à Hippolyte.
5. *carrière* : piste.

Je l'ai perdu : les dieux m'en ont ravi l'usage
Œnone, la rougeur[1] me couvre le visage :
Je te laisse trop voir mes honteuses douleurs ;
Et mes yeux, malgré moi, se remplissent de pleurs.

ŒNONE

Ah ! s'il vous faut rougir, rougissez d'un silence
Qui de vos maux encore aigrit• la violence.
Rebelle à tous nos soins, sourde à tous nos discours,
Voulez-vous sans pitié laisser finir vos jours ?
Quelle fureur les borne[2] au milieu de leur course ?
Quel charme ou quel poison en a tari la source ?
Les ombres par trois fois ont obscurci les cieux[3]
Depuis que le sommeil n'est entré dans vos yeux,
Et le jour a trois fois chassé la nuit obscure
Depuis que votre corps languit sans nourriture.
À quel affreux dessein vous laissez-vous tenter ?
De quel droit sur vous-même osez-vous attenter ?
Vous offensez les dieux auteurs de votre vie ;
Vous trahissez l'époux à qui la foi• vous lie ;
Vous trahissez enfin vos enfants malheureux,
Que vous précipitez sous un joug rigoureux.
Songez qu'un même jour leur ravira leur mère,
Et rendra l'espérance au fils de l'étrangère,
À ce fier ennemi de vous, de votre sang[4],
Ce fils qu'une Amazone a porté dans son flanc,
Cet Hippolyte...

PHÈDRE

Ah, dieux !

ŒNONE

Ce reproche vous touche.

PHÈDRE

Malheureuse, quel nom est sorti de ta bouche ?

1. *rougeur* : la rougeur de la honte.
2. *quelle fureur les borne* : quelle folie leur met un terme (au milieu de votre vie).
3. *trois fois (...) les cieux* : trois nuits se sont écoulées.
4. *sang* : race, famille.

ŒNONE

Hé bien ! votre colère éclate avec raison :
J'aime à vous voir frémir à ce funeste• nom.
Vivez donc. Que l'amour, le devoir vous excite[1].
Vivez, ne souffrez pas que le fils d'une Scythe[2],
Accablant vos enfants d'un empire• odieux,
Commande au plus beau sang[3] de la Grèce et des dieux.
Mais ne différez point : chaque moment vous tue.
Réparez promptement votre force abattue,
Tandis que de vos jours, prêts à se consumer,
Le flambeau dure encore, et peut se rallumer.

PHÈDRE

J'en ai trop prolongé la coupable durée.

ŒNONE

Quoi ? de quelques remords êtes-vous déchirée ?
Quel crime a pu produire un trouble si pressant[4] ?
Vos mains n'ont point trempé dans le sang innocent ?

PHÈDRE

Grâces au ciel, mes mains ne sont point criminelles.
Plût aux dieux que mon cœur fût innocent comme elles !

ŒNONE

Et quel affreux projet avez-vous enfanté
Dont votre cœur encor doive être épouvanté ?

PHÈDRE

Je t'en ai dit assez. Épargne-moi le reste.
Je meurs, pour ne point faire un aveu si funeste.

ŒNONE

Mourez donc, et gardez un silence inhumain ;
Mais pour fermer vos yeux cherchez une autre main.
Quoiqu'il vous reste à peine une faible lumière•,
Mon âme chez les morts descendra la première.
Mille chemins ouverts y conduisent toujours.

1. *excite* : ranime (deux sujets, mais accord de voisinage).
2. *Scythe* : car les Amazones sont originaires de Scythie, au nord de la mer Noire.
3. *au plus beau sang* : car les enfants de Phèdre et Thésée descendent des dieux et sont de purs Grecs, contrairement au « barbare » Hippolyte.
4. *pressant* : qui oppresse.

Et ma juste douleur choisira les plus courts.
Cruelle, quand ma foi vous a-t-elle déçue ?
Songez-vous qu'en naissant[1] mes bras vous ont reçue ?
Mon pays, mes enfants, pour vous j'ai tout quitté.
Réserviez-vous ce prix à ma fidélité ?

PHÈDRE

Quel fruit espères-tu de tant de violence ?
Tu frémiras d'horreur si je romps le silence.

ŒNONE

Et que me direz-vous qui ne cède, grands dieux !
À l'horreur de vous voir expirer à mes yeux ?

PHÈDRE

Quand tu sauras mon crime, et le sort qui m'accable,
Je n'en mourrai pas moins, j'en mourrai plus coupable.

ŒNONE

Madame, au nom des pleurs que pour vous j'ai versés,
Par vos faibles genoux que je tiens embrassés,
Délivrez mon esprit de ce funeste doute.

PHÈDRE

Tu le veux. Lève-toi.

ŒNONE

Parlez, je vous écoute.

PHÈDRE

Ciel ! que lui vais-je dire, et par où commencer ?

ŒNONE

Par de vaines frayeurs cessez de m'offenser[2].

PHÈDRE

Ô haine de Vénus ! Ô fatale colère !
Dans quels égarements l'amour jeta ma mère[3] !

ŒNONE

Oublions-les, Madame ; et qu'à tout l'avenir
Un silence éternel cache ce souvenir.

---

1. *en naissant* : quand vous êtes née.
2. *offenser* : faire souffrir.
3. *dans (...) mère* : allusion à l'amour monstrueux de Pasiphaé pour un taureau (d'où naquit le Minotaure).

PHÈDRE

Ariane, ma sœur, de quel amour blessée,
Vous mourûtes aux bords où vous fûtes laissée !

ŒNONE

Que faites-vous, Madame ? et quel mortel ennui•
Contre tout votre sang vous anime aujourd'hui ?

PHÈDRE

Puisque Vénus le veut, de ce sang déplorable
Je péris la dernière et la plus misérable.

ŒNONE

Aimez-vous ?

PHÈDRE

De l'amour j'ai toutes les fureurs.

ŒNONE

Pour qui ?

PHÈDRE

Tu vas ouïr le comble des horreurs.
J'aime... À ce nom fatal, je tremble, je frissonne.
J'aime...

ŒNONE

Qui ?

PHÈDRE

Tu connais ce fils de l'Amazone,
Ce prince si longtemps par moi-même opprimé ?

ŒNONE

Hippolyte ? Grands Dieux !

PHÈDRE

C'est toi qui l'as nommé.

ŒNONE

Juste ciel ! tout mon sang dans mes veines se glace.
Ô désespoir ! ô crime ! ô déplorable race !
Voyage infortuné ! Rivage malheureux•,
Fallait-il approcher de tes bords dangereux ?

PHÈDRE

Mon mal vient de plus loin. À peine au fils d'Égée[1]
Sous les lois de l'hymen•, je m'étais engagée,
Mon repos, mon bonheur semblait être affermi ;
Athènes me montra mon superbe ennemi.
Je le vis, je rougis, je pâlis à sa vue ;
Un trouble s'éleva dans mon âme éperdue ;
Mes yeux ne voyaient plus, je ne pouvais parler ;
Je sentis tout mon corps et transir[2] et brûler ;
Je reconnus Vénus et ses feux redoutables,
D'un sang qu'elle poursuit tourments inévitables.
Par des vœux assidus je crus les détourner :
Je lui bâtis un temple, et pris soin de l'orner ;
De victimes moi-même à toute heure entourée,
Je cherchais dans leurs flancs ma raison égarée.
D'un incurable amour remèdes impuissants !
En vain sur les autels ma main brûlait l'encens :
Quand ma bouche implorait le nom de la déesse,
J'adorais Hippolyte ; et le voyant sans cesse,
Même au pied des autels que je faisais fumer,
J'offrais tout à ce dieu que je n'osais nommer.
Je l'évitais partout. Ô comble de misère• !
Mes yeux le retrouvaient dans les traits de son père.
Contre moi-même enfin j'osai me révolter :
J'excitai mon courage• à le persécuter.
Pour bannir l'ennemi dont j'étais idolâtre,
J'affectai les chagrins• d'une injuste marâtre ;
Je pressai son exil, et mes cris éternels
L'arrachèrent du sein et des bras paternels.
Je respirais, Œnone ; et depuis son absence,
Mes jours moins agités coulaient dans l'innocence.
Soumise à mon époux, et cachant mes ennuis,
De son fatal hymen je cultivais les fruits[3].
Vaines précautions ! Cruelle destinée !

1. *fils d'Égée* : Thésée.
2. *transir* : être saisi de froid.
3. *cultivais les fruits* : élevais nos enfants (Acamas et Démophon).

Par mon époux lui-même à Trézène amenée,
J'ai revu l'ennemi que j'avais éloigné :
Ma blessure trop vite aussitôt a saigné.
Ce n'est plus une ardeur• dans mes veines cachée :
C'est Vénus toute entière[1] à sa proie attachée.
J'ai conçu pour mon crime une juste terreur ;
J'ai pris la vie en haine, et ma flamme• en horreur.
Je voulais en mourant prendre soin de ma gloire[2],
Et dérober au jour une flamme si noire[3] :
Je n'ai pu soutenir tes larmes, tes combats ;
Je t'ai tout avoué ; je ne m'en repens pas,
Pourvu que de ma mort respectant les approches,
Tu ne m'affliges plus par d'injustes reproches,
Et que tes vains secours cessent de rappeler
Un reste de chaleur[4] tout prêt à s'exhaler.

1. *toute entière* : tout entière, accord possible au XVII$^{e}$ siècle.
2. *gloire* : réputation, honneur.
3. *noire* : criminelle (oxymore•).
4. *un reste de chaleur* : un dernier souffle de vie.

Questions

## *Compréhension*

- ***Les personnages***

*1. Œnone est à la fois confidente fidèle et, inconsciemment, instigatrice. Relevez, au fil de ses interventions, ce double rôle : vocabulaire du sentiment et paroles performatives• (v. 185-268). Notez également qu'elle joue le rôle du chœur antique, en ponctuant la scène d'exclamations, en soulignant le climat émotionnel : donnez quelques exemples.*

*2. Phèdre correspond-elle d'emblée à ce que nous avons appris précédemment (v. 34-48) ?*

*3. Avant de parler vraiment, Phèdre exprime son état d'âme, son caractère (v. 153-184). Définissez sa situation mentale, en observant : le jeu de scène (mouvement, tenue) ; ses hantises (de quoi a-t-elle peur ?) ; ses hallucinations ; ses regrets.*

*4. Quelles sont les étapes ensuite de l'évolution de Phèdre, sous l'influence d'Œnone ? Repérez la progression générale de la scène, de la confrontation à l'aveu.*

- ***Les circonstances : la passion fatale***

*5. Avant même d'être formulé, l'amour est associé à la honte, au malaise, à la culpabilité. Relevez les expressions qui le prouvent (v. 153-264).*

*6. Dans l'aveu proprement dit (v. 265-316) :*
*— montrez comment est formulé le pouvoir irrépressible de la passion et sa progression ;*
*— relevez les effets physiques et mentaux qu'elle provoque (d'où le désir final) ;*
*— comment Phèdre a-t-elle essayé de résister ? pourquoi y a-t-elle échoué ?*
*— relevez les termes qui définissent l'amour (par ex. v. 274, 283, 301-310).*

*7. L'amour est surtout désir fou : relevez le vocabulaire de la vision et du corps.*

- ***La signification***

*8. Le personnage de Phèdre ne peut être envisagé comme une personne autonome. À votre avis, cependant, Phèdre est-elle simplement le jouet de forces surhumaines qui la dépassent, ou bien évoque-t-elle les dieux et la fatalité pour justifier son désir « tabou » ?*

*9. D'après cette scène, peut-on dire que* Phèdre *est une tragédie de l'hérédité ?*

*10. En grec « Phèdre » signifie « la lumineuse », « la brillante ». Elle est fille de Minos (roi des Enfers) et de Pasiphaé (fille du Soleil). Étudiez ici le thème de l'opposition entre la lumière et la nuit, pour en dégager la signification.*

## Écriture

*11. Ici, plus que jamais, le langage détourné est un enjeu essentiel, et non un ornement commode, car il faut exprimer l'indicible, l'inavouable, l'interdit. Relevez des exemples de ce style allusif, imagé, détourné (par ex. : dans les vers 176-178, 260-316). Soyez attentif aux effets d'atténuation grâce notamment :*
*— à l'emploi de l'indéfini ou du démonstratif;*
*— à la personnification des abstraits (observez surtout les substantifs sujets) ;*
*— aux périphrases pour dire « je » (ex. : « ma bouche ») ;*
*— au pluriel des termes exprimant de fortes émotions ;*
*— à l'alliance de termes qui devraient se repousser (« transir et brûler », « flamme si noire ») ;*
*— aux adjectifs abstraits (« juste ») à côté de termes violents (« fureur »).*

*12. La mélodie : relevez les vers qui vous paraissent les plus beaux et essayez de dire comment ils sont composés.*

*13. Les regroupements de vers : observez comment les vers sont isolés parfois par groupe de deux (distique) ou de quatre (quatrain) ; ou comment le vers se brise (stichomythie) pour accélérer le rythme dramatique. Donnez les exemples les plus frappants.*

*14. Réécriture : l'alliance de termes contraires (« une flamme si noire ») est un oxymore. L'amour-haine de Phèdre est en soi « oxymorique ». Imitez cette figure poétique en donnant un adjectif aux termes suivants : clarté, violence, bonheur, gloire, humilité, grandeur, misère, solitude, douleur.*

## SCÈNE 4. PHÈDRE, ŒNONE, PANOPE

PANOPE

Je voudrais vous cacher une triste nouvelle,
Madame ; mais il faut que je vous la révèle.
La mort vous a ravi votre invincible époux ;
Et ce malheur n'est plus ignoré que de vous.

ŒNONE

Panope, que dis-tu ?

PANOPE

Que la reine abusée[1]
En vain demande au ciel le retour de Thésée ;
Et que par des vaisseaux arrivés dans le port
Hippolyte son fils vient d'apprendre sa mort.

PHÈDRE

Ciel !

PANOPE

Pour le choix d'un maître Athènes se partage,
Au prince votre fils l'un donne son suffrage,
Madame ; et de l'État l'autre oubliant les lois,
Au fils de l'étrangère[2] ose donner sa voix.
On dit même qu'au trône, une brigue[3] insolente
Veut placer Aricie et le sang de Pallante[4].
J'ai cru de ce péril vous devoir avertir.
Déjà même Hippolyte est tout prêt à partir ;
Et l'on craint, s'il paraît dans ce nouvel[5] orage,
Qu'il n'entraîne après lui tout un peuple volage[6].

ŒNONE

Panope, c'est assez. La reine, qui t'entend,
Ne négligera point cet avis important.

---

1. *abusée* : vivant dans l'illusion (que Thésée n'est pas mort).
2. *le fils de l'étrangère* : Hippolyte, fils d'Antiope (cf. v. 202).
3. *brigue* : parti, faction.
4. *le sang de Pallante* : Aricie fait partie de la famille des Pallantides.
5. *nouvel* : imprévu, soudain.
6. *volage* : inconstant.

## SCÈNE 5. PHÈDRE, ŒNONE

ŒNONE

Madame, je cessais de vous presser de vivre ;
Déjà même au tombeau je songeais à vous suivre ;
Pour vous en détourner je n'avais plus de voix ;
Mais ce nouveau malheur vous prescrit d'autres lois.
Votre fortune• change et prend une autre face :
Le roi n'est plus, Madame ; il faut prendre sa place.
Sa mort vous laisse un fils à qui vous vous devez,
Esclave s'il vous perd, et roi si vous vivez.
Sur qui, dans son malheur, voulez-vous qu'il s'appuie ?
Ses larmes n'auront plus de main qui les essuie :
Et ses cris innocents portés jusques aux dieux,
Iront contre sa mère irriter ses aïeux.
Vivez, vous n'avez plus de reproche à vous faire :
Votre flamme devient une flamme ordinaire[1].
Thésée en expirant vient de rompre les nœuds
Qui faisaient tout le crime et l'horreur de vos feux[2].
Hippolyte pour vous devient moins redoutable ;
Et vous pouvez le voir sans vous rendre coupable.
Peut-être convaincu de votre aversion,
Il va donner un chef à la sédition.
Détrompez son erreur, fléchissez son courage.
Roi de ces bords heureux, Trézène est son partage ;
Mais il sait que les lois donnent à votre fils
Les superbes remparts que Minerve a bâtis[3].
Vous avez l'un et l'autre une juste[4] ennemie.
Unissez-vous tous deux pour combattre Aricie.

PHÈDRE

Hé bien ! à tes conseils je me laisse entraîner.
Vivons, si vers la vie on peut me ramener,
Et si l'amour d'un fils en ce moment funeste
De mes faibles esprits peut ranimer le reste.

---

1. *flamme ordinaire* : amour normal.
2. *l'horreur de vos feux* : l'aspect effrayant de votre amour.
3. *ceux d'Athènes* : en grec, Minerve se nomme « Athéna ».
4. *juste* : bien réelle.

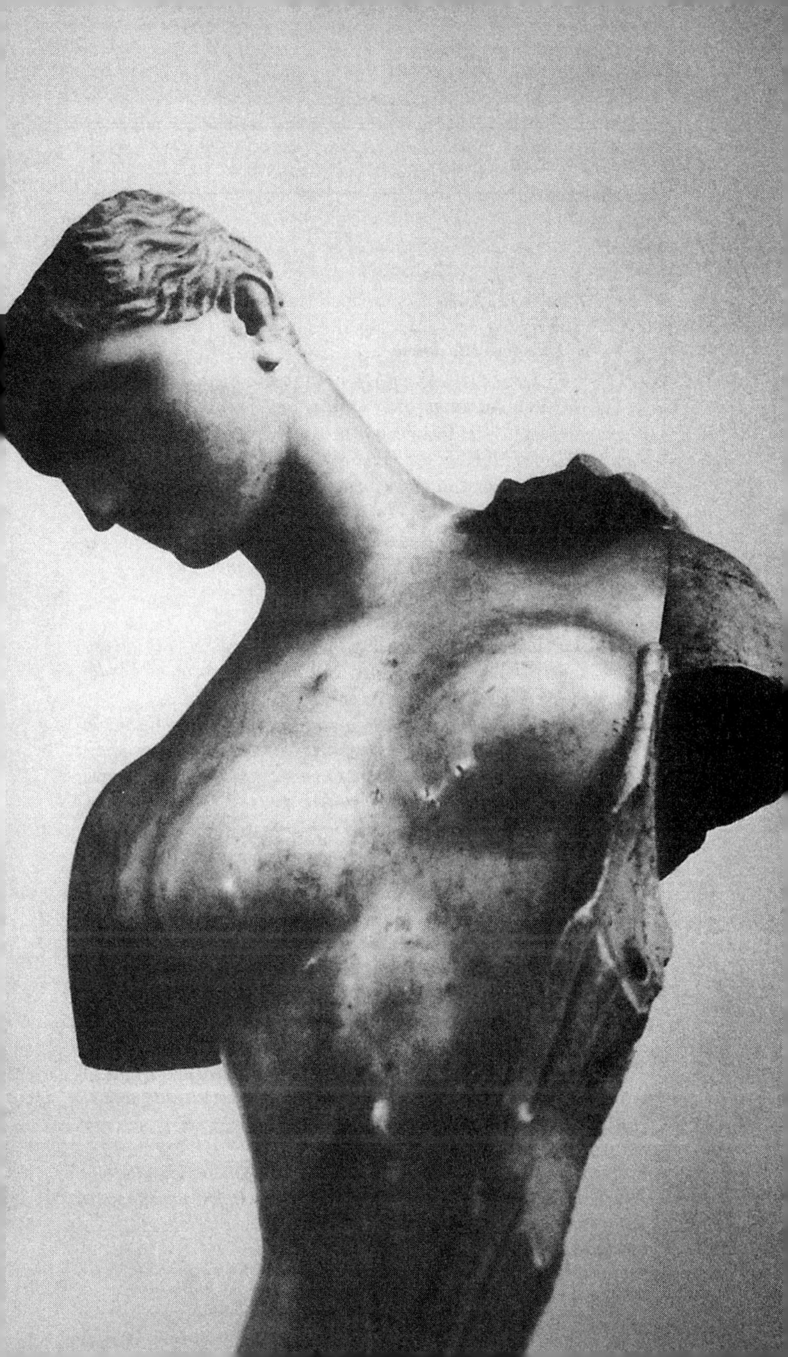

Questions

## Compréhension

• ***Une nouvelle donne***

*1. La scène 4 est une « péripétie », c'est-à-dire un événement imprévu qui va modifier la situation. Montrez comment ce coup de théâtre installe une nouvelle intrigue : ni Hippolyte ni Phèdre n'agiront comme ils le prévoyaient.*

*2. Comment faut-il « jouer » le seul mot de Phèdre : « Ciel ! » ? Comment l'interprétera Panope ? Et Œnone ?*

*3. Précisez la nature du problème politique (v. 325-334) et montrez comment il est lié au problème amoureux.*

• ***Les personnages***

*4. Pourquoi est-ce Œnone qui prend la parole et l'initiative ? Quel est l'intérêt dramatique, à la fin de l'acte, de l'indécision de Phèdre ?*

*5. Définissez l'attitude finale de Phèdre (v. 363-366) et expliquez le sens des deux derniers vers. Est-elle de bonne foi ?*

*6. Faites le plàn de la tirade d'Œnone (v. 337-362) et précisez les principaux arguments utilisés pour ne pas « négliger » l'occasion et ramener Phèdre à la vie.*

*7. Relevez les marques du discours de persuasion : choix des verbes, des modes, jeux rhétoriques (oppositions ou reprises), etc.*

• ***La situation finale : les intentions de Racine***

*8. Quelle impression nous laisse ce fragile optimisme final ? Peut-on croire que Phèdre et Hippolyte vont s'entendre et se coaliser contre Aricie ? Quelle donnée essentielle manque à Phèdre et Œnone ?*

*9. On parle souvent, à propos de Racine, d'ironie tragique. À travers la situation de la fin de l'acte I, précisez cette notion.*

## Mise en scène

*Entre les vers 325 et 362, quel jeu d'acteur conseilleriez-vous pour Phèdre, de sorte à justifier à la fois son silence et son retournement ?*

Bilan

## L'action

• **Ce que nous savons**

*Le principe de l'action dramatique repose sur des conflits entre désir et réalité. Les deux principaux héros sont confrontés au même obstacle : l'impossibilité d'aimer librement l'être qu'ils désirent. D'où le parallélisme appuyé des deux scènes d'aveu (v. 65-113 et v. 269-316).*

*Mais le blocage initial (Thésée), commun aux deux héros pour des raisons différentes, semble disparaître : personne n'interdira plus à Hippolyte d'aimer Aricie et à Phèdre de s'unir à Hippolyte. L'obstacle le plus fort, objectif et extérieur, est supprimé. Un « nœud » se défait.*

*Restent des interdits intériorisés, plus personnels : Hippolyte est soucieux de sa « vertu » et de sa « gloire » et ne veut pas décevoir en aimant la dernière descendante d'une famille honnie par les siens. Phèdre a conscience que son désir est impur et incestueux. Ici, ce sont les confidents qui s'emploient à lever ces scrupules (v. 114-137 ; v. 337-362).*

• **À quoi faut-il nous attendre ?**

*Les personnages vont se rapprocher : Hippolyte et Aricie vont s'avouer leur amour (II, 2) et Phèdre va se dévoiler devant Hippolyte (II, 5). Mais nous sommes dans une tragédie : cette liberté, cette volonté d'arranger les choses, à quoi risquent-elles d'aboutir ? En se parlant, les héros vont-ils régler le problème ?*

## Les personnages

• **Ce que nous savons**

*Les portraits ont été nettement dessinés. Hippolyte à la fois héros sentimental et athlète obsédé par les exploits de son père, avec lesquels il veut rivaliser. Phèdre, habitée par une passion hystérique, prête au suicide, brûlée de désir. Œnone, aveuglée par un amour maternel, prête à tout pour rendre espoir à Phèdre, sera le moteur du drame.*

• ***À quoi faut-il nous attendre ?***

*Que sera la confrontation de ces deux tempéraments : à quel face-à-face risque-t-on d'aller ?*

*Notez que le spectateur est toujours en avance d'une information, par rapport aux personnages (par exemple : nous savons l'amour d'Hippolyte pour Aricie, Phèdre l'ignore ; nous savons la passion de Phèdre, Hippolyte l'ignore) : quel est l'effet visé par Racine, dans l'attente du deuxième acte ?*

*Bas-relief à la base de la scène du théâtre antique de Sabratha (Libye).*

# ACTE II

## SCÈNE 1. ARICIE, ISMÈNE

ARICIE

Hippolyte demande à me voir en ce lieu ?
Hippolyte me cherche, et veut me dire adieu ?
Ismène, dis-tu vrai ? N'es-tu point abusée ?

ISMÈNE

C'est le premier effet de la mort de Thésée.
Préparez-vous, Madame, à voir de tous côtés
Voler vers vous les cœurs par Thésée écartés.
Aricie, à la fin, de son sort est maîtresse,
Et bientôt à ses pieds verra toute la Grèce.

ARICIE

Ce n'est donc point, Ismène, un bruit mal affermi ?
Je cesse d'être esclave, et n'ai plus d'ennemi ?

ISMÈNE

Non, Madame, les Dieux ne vous sont plus contraires ;
Et Thésée a rejoint les mânes de vos frères[1].

ARICIE

Dit-on quelle aventure[2] a terminé ses jours ?

ISMÈNE

On sème de sa mort d'incroyables discours[3].
On dit que, ravisseur d'une amante nouvelle,
Les flots ont englouti cet époux infidèle,
On dit même, et ce bruit est partout répandu,
Qu'avec Pirithoüs aux enfers descendu,
Il a vu le Cocyte[4] et les rivages sombres,
Et s'est montré vivant aux infernales ombres ;

---

1. *et Thésée (...) frères* : Thésée a rejoint aux Enfers les âmes des Pallantides qu'il avait massacrés.
2. *aventure* : circonstance, événement.
3. *discours* : récits.
4. *Cocyte* : autre fleuve des enfers, comme l'Achéron.

Mais qu'il n'a pu sortir de ce triste• séjour,
Et repasser les bords qu'on passe sans retour.

ARICIE

Croirai-je qu'un mortel, avant sa dernière heure,
Peut pénétrer des morts la profonde demeure ?
Quel charme• l'attirait sur ces bords redoutés ?

ISMÈNE

Thésée est mort, Madame, et vous seule en doutez :
Athènes en gémit, Trézène en est instruite,
Et déjà pour son roi reconnaît Hippolyte.
Phèdre, dans ce palais, tremblante pour son fils,
De ses amis troublés demande les avis.

ARICIE

Et tu crois que pour moi plus humain que son père,
Hippolyte rendra ma chaîne plus légère ?
Qu'il plaindra mes malheurs ?

ISMÈNE

Madame, je le croi[1].

ARICIE

L'insensible Hippolyte est-il connu de toi ?
Sur quel frivole espoir penses-tu qu'il me plaigne,
Et respecte en moi seule un sexe qu'il dédaigne ?
Tu vois depuis quel temps il évite nos pas,
Et cherche tous les lieux où nous ne sommes pas.

ISMÈNE

Je sais de ses froideurs tout ce que l'on récite[2] ;
Mais j'ai vu près de vous ce superbe Hippolyte ;
Et même en le voyant le bruit• de sa fierté
A redoublé pour lui ma curiosité.
Sa présence[3] à ce bruit n'a point paru répondre :
Dès vos premiers regards je l'ai vu se confondre[4].
Ses yeux, qui vainement voulaient vous éviter,

---

1. *croi* : cf. v. 155.
2. *récite* : raconte.
3. *présence* : attitude, aspect.
4. *se confondre* : se troubler.

Déjà pleins de langueur•, ne pouvaient vous quitter.
Le nom d'amant peut-être offense son courage• ;
Mais il en a les yeux, s'il n'en a le langage.

ARICIE
Que mon cœur, chère Ismène, écoute avidement
Un discours qui peut-être a peu de fondement !
Ô toi qui me connais, te semblait-il croyable
Que le triste jouet d'un sort impitoyable,
Un cœur toujours nourri d'amertume et de pleurs,
Dût connaître l'amour et ses folles douleurs ?
Reste du sang d'un roi noble fils de la terre[1],
Je suis seule échappée aux fureurs de la guerre.
J'ai perdu, dans la fleur de leur jeune saison,
Six frères, quel espoir d'une illustre maison !
Le fer moissonna tout ; et la terre humectée
But à regret le sang des neveux• d'Érechthée.
Tu sais, depuis leur mort, quelle sévère loi
Défend à tous les Grecs de soupirer pour moi :
On craint que de la sœur les flammes téméraires[2]
Ne raniment un jour la cendre de ses frères.
Mais tu sais bien aussi de quel œil dédaigneux
Je regardais ce soin• d'un vainqueur soupçonneux.
Tu sais que de tout temps à l'amour opposée,
Je rendais souvent grâce à l'injuste Thésée,
Dont l'heureuse rigueur secondait mes mépris.
Mes yeux alors, mes yeux n'avaient pas vu son fils.
Non que par les yeux seuls lâchement enchantée[3],
J'aime en lui sa beauté, sa grâce tant vantée,
Présents dont la nature a voulu l'honorer,
Qu'il méprise lui-même, et qu'il semble ignorer.
J'aime, je prise en lui de plus nobles richesses,
Les vertus de son père, et non point les faiblesses.
J'aime, je l'avouerai, cet orgueil généreux•.
Qui jamais n'a fléchi sous le joug amoureux.

---

1. *fils de la terre* : Erechthée, ancêtre des Pallantides, donc d'Aricie.
2. *flammes téméraires* : le mariage d'Aricie serait un acte de révolte.
3. *lâchement enchantée* : honteusement envoûtée.

Phèdre en vain s'honorait des soupirs[1] de Thésée :
Pour moi, je suis plus fière, et fuis la gloire aisée
D'arracher un hommage à mille autres offert,
Et d'entrer dans un cœur de toutes parts ouvert.
Mais de faire fléchir un courage• inflexible,
De porter la douleur dans une âme insensible,
D'enchaîner un captif de ses fers étonné•,
Contre un joug qui lui plaît vainement mutiné :
C'est là ce que je veux, c'est là ce qui m'irrite[2].
Hercule à désarmer coûtait moins qu'Hippolyte
Et vaincu plus souvent, et plus tôt surmonté,
Préparait moins de gloire aux yeux qui l'ont dompté.
Mais, chère Ismène, hélas ! quelle est mon imprudence !
On ne m'opposera que trop de résistance.
Tu m'entendras peut-être humble dans mon ennui•,
Gémir du même orgueil que j'admire aujourd'hui.
Hippolyte aimerait ? Par quel bonheur extrême
Aurais-je pu fléchir...

ISMÈNE

Vous l'entendrez lui-même :
Il vient à vous.

1. *soupirs* : d'amour.
2. *irrite* : excite, anime mon ambition.

Questions

## *Compréhension*

• ***Les personnages : Aricie***

*1. Comment est rendu, dans les premières répliques, le caractère émotif d'Aricie : observez le rythme des phrases, surtout. Mais est-elle pour autant mièvre ou faible ?*

*2. L'aveu d'Aricie (v. 415-462) est un écho à celui d'Hippolyte, qui était de même longueur (v. 65-113) : comparez les deux passages et relevez les nombreux points communs, en examinant surtout les vers 415-435.*

*3. Précisez les raisons qui ont rendu Aricie amoureuse (v. 436-444). Que pensez-vous de cette analyse psychologique de l'amour ?*

*4. Comment Aricie justifie-t-elle son désir (v. 445-456) ? Définissez ce qui la motive.*

• ***Les circonstances***

*5. Ce début du deuxième acte poursuit l'exposition et l'on retrouve un duo comparable à la scène 1 de l'acte I. Qu'apprenons-nous de nouveau ?*

*6. Nous savions déjà la mort de Thésée : pourquoi y consacrer alors les trente premiers vers de la scène ? Les précisions apportées par Ismène paraissent bizarres (donnez des exemples) : pourquoi ?*

• ***La signification : l'homme égaré***

*7. La tactique de Racine est ici complexe. Donnons-en trois exemples :*
*— La confirmation de la mort de Thésée en est-elle une ?*
*— Quelle place est laissée à la tendresse et au simple sentiment amoureux dans le discours d'Aricie ? Pourquoi ?*
*— L'ambiguïté du personnage d'Aricie : pathétique (v. 415-429 et 457-462) ou pas ?*
*Peut-on le comparer à celui de Phèdre ?*

## *Ecriture*

*8. Aricie utilise ici des images empruntées à la littérature amoureuse des années 1740-1750, nommée « préciosité ».*

*Relevez, dans les vers 445-462 les métaphores et les expressions imagées relatives à l'amour.*

*9. Réécriture : rédigez à votre tour des expressions imagées en utilisant quelques-uns des termes suivants :*
*feu - flammes - brûlure ;*
*filets - piège - attacher - magie - ensorceler ;*
*soupir - âme ;*
*idole - adorer - esclave ;*
*ivresse - folie - fièvre - grisé.*

*Aphrodite, dite Venus Genitrix, terre cuite de Myrina inspirée de Praxitèle (fin de l'époque hellénistique) - Musée du Louvre.*

## SCÈNE 2. HIPPOLYTE, ARICIE, ISMÈNE

HIPPOLYTE

Madame, avant que de partir,
J'ai cru de votre sort vous devoir avertir.
Mon père ne vit plus. Ma juste défiance
Présageait les raisons de sa trop longue absence :
La mort seule, bornant ses travaux* éclatants,
Pouvait à l'univers le cacher si longtemps.
Les dieux livrent enfin à la Parque[1] homicide
L'ami, le compagnon, le successeur d'Alcide.
Je crois que votre haine, épargnant ses vertus,
Écoute sans regret[2] ces noms qui lui sont dus.
Un espoir adoucit ma tristesse mortelle :
Je puis vous affranchir d'une austère tutelle.
Je révoque des lois dont j'ai plaint[3] la rigueur.
Vous pouvez disposer de vous, de votre cœur ;
Et dans cette Trézène, aujourd'hui mon partage,
De mon aïeul Pitthée[4] autrefois l'héritage,
Qui m'a, sans balancer[5], reconnu pour son roi,
Je vous laisse aussi libre, et plus libre que moi.

ARICIE

Modérez des bontés dont l'excès m'embarrasse.
D'un soin si généreux[6] honorer ma disgrâce,
Seigneur, c'est me ranger, plus que vous ne pensez,
Sous ces austères lois dont vous me dispensez.

HIPPOLYTE

Du choix d'un successeur Athènes incertaine,
Parle de vous, me nomme, et le fils de la reine.

ARICIE

De moi, Seigneur ?

---

1. *Parque* : divinité de la mort (donc « homicide »).
2. *sans regret* : sans déplaisir.
3. *plaint* : déploré, regretté.
4. *Pitthée* : fils de Jupiter, grand-père maternel de Thésée.
5. *balancer* : hésiter.
6. *d'un soin si généreux* : en prenant un souci si généreux (pour moi).

HIPPOLYTE

Je sais, sans vouloir me flatter,
Qu'une superbe[1] loi semble me rejeter.
La Grèce me reproche une mère étrangère.
Mais si pour concurrent je n'avais que mon frère[2],
Madame, j'ai sur lui de véritables droits
Que je saurais sauver du caprice des lois.
Un frein plus légitime arrête mon audace :
Je vous cède, ou plutôt je vous rends une place,
Un sceptre que jadis vos aïeux ont reçu
De ce fameux mortel que la terre a conçu[3].
L'adoption le mit entre les mains d'Égée[4].
Athènes, par mon père accrue[5] et protégée,
Reconnut avec joie un roi si généreux•,
Et laissa dans l'oubli vos frères malheureux.
Athènes dans ses murs maintenant vous rappelle.
Assez elle a gémi d'une longue querelle ;
Assez dans ses sillons votre sang englouti
A fait fumer le champ dont il était sorti.
Trézène m'obéit. Les campagnes de Crète
Offrent au fils de Phèdre une riche retraite.
L'Attique est votre bien. Je pars, et vais pour vous
Réunir tous les vœux partagés entre nous.

ARICIE

De tout ce que j'entends étonnée• et confuse,
Je crains presque, je crains qu'un songe ne m'abuse.
Veillé-je ? Puis-je croire un semblable dessein ?
Quel dieu, Seigneur, quel dieu l'a mis dans votre sein ?
Qu'à bon droit votre gloire en tous lieux est semée !
Et que la vérité passe[6] la renommée !

---

1. *superbe* : injuste, humiliante.
2. *mon frère* : le fils aîné de Phèdre.
3. *de ce fameux (...) conçu* : il s'agit d'Erechthée.
4. *l'adoption... Égée* : certaines légendes disent qu'Égée, père de Thésée, fut adopté par Pandion, fils d'Erechthée. Alors que Pallas, père d'Aricie, en est au contraire le fils légitime. Aricie aurait donc plus de droits sur le trône qu'Hippolyte.
5. *accrue* : développée, agrandie.
6. *passe* : dépasse.

Vous-même, en ma faveur, vous voulez vous trahir ?
N'était-ce pas assez de ne me point haïr,
Et d'avoir si longtemps pu défendre votre âme
De cette inimitié...

HIPPOLYTE

Moi, vous haïr, Madame ?
Avec quelques couleurs qu'on ait peint[1] ma fierté,
Croit-on que dans ses flancs un monstre m'ait porté ?
Quelles sauvages mœurs, quelle haine endurcie
Pourrait[2], en vous voyant, n'être point adoucie ?
Ai-je pu résister au charme décevant•...

ARICIE

Quoi ? Seigneur.

HIPPOLYTE

Je me suis engagé trop avant.
Je vois que la raison cède à la violence[3].
Puisque j'ai commencé de rompre le silence.
Madame, il faut poursuivre : il faut vous informer
D'un secret que mon cœur ne peut plus renfermer.
Vous voyez devant vous un prince déplorable•,
D'un téméraire orgueil exemple mémorable.
Moi qui contre l'amour fièrement révolté,
Aux fers de ses captifs ai longtemps insulté ;
Qui des faibles mortels déplorant les naufrages,
Pensais toujours du bord contempler les orages[4],
Asservi maintenant sous la commune loi,
Par quel trouble me vois-je emporté loin de moi ?
Un moment a vaincu mon audace imprudente :
Cette âme[5] si superbe• est enfin dépendante.
Depuis près de six mois, honteux, désespéré,
Portant partout le trait dont je suis déchiré,

1. *peint* : dépeint.
2. *pourrait* : accord de voisinage.
3. *cède à la violence* : à la violence de mon amour.
4. *du bord... orages* : allusion à un passage célèbre du poète latin Lucrèce (98-52 av. J.-C.) : « Il est doux, quand sur la vaste mer les vents soulèvent les flots, d'assister du rivage aux épreuves d'autrui » (*De la Nature*, II, 1-2).
5. *cette âme* : mon âme.

Contre vous, contre moi, vainement je m'éprouve• :
Présente, je vous fuis ; absente, je vous trouve ;
Dans le fond des forêts votre image me suit ;
La lumière du jour, les ombres de la nuit,
Tout retrace à mes yeux les charmes que j'évite ;
Tout vous livre à l'envi le rebelle Hippolyte.
Moi-même, pour tout fruit de mes soins[1] superflus,
Maintenant je me cherche, et ne me trouve plus.
Mon arc, mes javelots, mon char, tout m'importune ;
Je ne me souviens plus des leçons de Neptune,
Mes seuls gémissements font retentir les bois,
Et mes coursiers[2] oisifs ont oublié ma voix.
Peut-être le récit d'un amour si sauvage
Vous fait, en m'écoutant, rougir de votre ouvrage.
D'un cœur qui s'offre à vous quel farouche[3] entretien !
Quel étrange captif pour un si beau lien !
Mais l'offrande à vos yeux en doit être plus chère.
Songez que je vous parle une langue étrangère[4].
Et ne rejetez pas des vœux mal exprimés,
Qu'Hippolyte sans vous n'aurait jamais formés.

1. *soins* : efforts.
2. *coursiers* : chevaux.
3. *farouche* : sauvage, rude.
4. *étrangère* : que je ne connaissais pas jusqu'ici.

Questions

## *Compréhension*

• ***Les personnages***

*1. Le face-à-face décisif repose d'abord sur un contraste. Relevez d'abord les (rares) interventions d'Aricie : quel est son comportement ? Comment définir son état d'esprit ? Pourquoi est-elle finalement quasiment silencieuse ?*

*2. Hippolyte, en revanche, se livre assez vite : résumez ce qu'il dit sur le plan politique (v. 463-508). Son discours a deux niveaux : distinguez ce qu'il propose explicitement (régler un conflit, rendre le trône d'Athènes à Aricie) et ce qu'il veut faire entendre vraiment à Aricie, ce qu'il veut provoquer.*

*3. L'aveu proprement dit (v. 524-560) : quelle image de l'amour présente le début de la tirade ? Relevez le vocabulaire qui sert à l'évoquer. Ensuite, quels sont les effets de l'amour sur Hippolyte (v. 542-552) ? Enfin, les dernières lignes achèvent le renversement du personnage : montrez qu'Hippolyte n'est plus le même, apparemment.*

• ***Les circonstances***

*4. Ici encore, la politique et l'amour se mêlent. Précisez l'intérêt de cette confusion pour le couple Hippolyte-Aricie. Mais comment Phèdre pourra-t-elle réagir ?*

*5. Quel est l'effet de l'interruption de Théramène (v. 561) ? Dites comment il faut saisir le silence d'Aricie à ce moment. Relevez les termes qui définissent l'état d'esprit d'Hippolyte dans cet « entre-deux ».*

*6. Précisez le sens de la dernière remarque d'Aricie (v. 575-576) : pourquoi est-elle essentielle, avant l'entrevue avec Phèdre ?*

• ***La signification***

*7. La tragédie repose souvent sur un piège tendu à l'insoumission : le glorieux est humilié ; l'indifférent est amoureux ; le maître devient l'esclave. De même, l'innocence se révèle calculatrice, etc. Donnez des exemples de ce principe d'inversion dans ces scènes.*

*8. Cette vision double a un rapport avec l'idée que Racine se fait de la nature humaine, mélange d'idéalisme et de déchéance. Montrez, ainsi, que Hippolyte et Aricie peuvent être vus à la fois comme héroïques et misérables.*

*9. Ce dédoublement conduit les héros à idéaliser le passé. Montrez les traces de cette nostalgie chez Hippolyte.*

## Ecriture

*10. « Songez que je vous parle une langue étrangère,*
*Et ne rejetez pas des vœux mal exprimés... »*
*L'aveu d'Hippolyte (v. 524-560), bien que fort clair, cherche à donner une impression d'émotion mal maîtrisée, de quasi-maladresse. Comment Racine arrive-t-il à faire percevoir cette supposée maladresse et cette « violence » ?*

## Mise en scène

*11. Comment faut-il jouer Aricie aux vers 486 et 524 : innocence ? étonnement ? appel discret ? séduction ?*

## SCÈNE 3. HIPPOLYTE, ARICIE, THÉRAMÈNE, ISMÈNE

THÉRAMÈNE

Seigneur, la reine vient, et je l'ai devancée.
Elle vous cherche.

HIPPOLYTE

Moi ?

THÉRAMÈNE

J'ignore sa pensée.
Mais on vous est venu demander de sa part.
Phèdre veut vous parler avant votre départ.

HIPPOLYTE

Phèdre ? Que lui dirai-je ? Et que peut-elle attendre ?...

ARICIE

Seigneur, vous ne pouvez refuser de l'entendre.
Quoique trop convaincu de son inimitié,
Vous devez à ses pleurs quelque ombre de pitié.

HIPPOLYTE

Cependant[1] vous sortez. Et je pars. Et j'ignore
Si je n'offense point les charmes que j'adore !
J'ignore si ce cœur que je laisse en vos mains...

ARICIE

Partez, Prince, et suivez vos généreux desseins.
Rendez de mon pouvoir Athènes tributaire[2].
J'accepte tous les dons que vous me voulez faire.
Mais cet empire enfin si grand, si glorieux,
N'est pas de vos présents le plus cher à mes yeux.

## SCÈNE 4. HIPPOLYTE, THÉRAMÈNE

HIPPOLYTE

Ami, tout est-il prêt ? Mais la reine s'avance.
Va, que pour le départ tout s'arme[3] en diligence.

1. *cependant* : pendant ce temps.
2. *tributaire de* : placé sous la domination de, qui doit payer son tribut à.
3. *s'arme* : s'arrange, se prépare.

Fais donner le signal, cours, ordonne, et revien[1]
Me délivrer bientôt d'un fâcheux• entretien.

## SCÈNE 5. PHÈDRE, HIPPOLYTE, ŒNONE

PHÈDRE, *à Œnone*
Le voici. Vers mon cœur tout mon sang se retire.
J'oublie, en le voyant, ce que je viens lui dire.

ŒNONE
Souvenez-vous d'un fils qui n'espère qu'en vous.

PHÈDRE
On dit qu'un prompt départ vous éloigne de nous,
Seigneur. À vos douleurs je viens joindre mes larmes.
Je vous viens pour un fils expliquer mes alarmes[2].
Mon fils n'a plus de père : et le jour n'est pas loin
Qui de ma mort encor[3] doit le rendre témoin.
Déjà mille ennemis attaquent son enfance.
Vous seul pouvez contre eux embrasser sa défense.
Mais un secret remords agite mes esprits.
Je crains d'avoir fermé votre oreille à ses cris.
Je tremble que sur lui votre juste[4] colère
Ne poursuive bientôt une odieuse mère.

HIPPOLYTE
Madame, je n'ai point des sentiments si bas.

PHÈDRE
Quand vous me haïriez, je ne m'en plaindrais pas,
Seigneur. Vous m'avez vue attachée[5] à vous nuire ;
Dans le fond de mon cœur vous ne pouviez pas lire.

---

1. *revien* : orthographe qui permet une « rime pour l'œil ».
2. *je vous (...) alarmes* : je viens à vous pour exposer mes inquiétudes concernant mon fils.
3. *encor* : en outre, de surcroît.
4. *juste* : justifiée (par mon comportement).
5. *attachée* : acharnée.

À votre inimitié j'ai pris soin de m'offrir[1].
Aux bords que j'habitais je n'ai pu vous souffrir.
En public, en secret, contre vous déclarée,
J'ai voulu par des mers[2] en être séparée ;
J'ai même défendu, par une expresse loi,
Qu'on osât prononcer votre nom devant moi.
Si pourtant à l'offense on mesure la peine,
Si la haine peut seule attirer votre haine,
Jamais femme ne fut plus digne de pitié,
Et moins digne, Seigneur, de votre inimitié.

HIPPOLYTE

Des droits de ses enfants une mère jalouse
Pardonne rarement au fils d'une autre épouse.
Madame, je le sais. Les soupçons importuns
Sont d'un second hymen• les fruits les plus communs.
Toute autre aurait pour moi pris les mêmes ombrages•,
Et j'en aurais peut-être essuyé plus d'outrages.

PHÈDRE

Ah ! Seigneur, que le ciel, j'ose ici l'attester,
De cette loi commune a voulu m'excepter !
Qu'un soin• bien différent me trouble et me dévore !

HIPPOLYTE

Madame, il n'est pas temps de vous troubler encore.
Peut-être votre époux voit encore le jour ;
Le ciel peut à nos pleurs accorder son retour.
Neptune le protège, et ce dieu tutélaire[3]
Ne sera pas en vain imploré par mon père.

PHÈDRE

On ne voit point deux fois le rivage des morts,
Seigneur. Puisque Thésée a vu les sombres bords[4],
En vain vous espérez qu'un dieu vous le renvoie,
Et l'avare• Achéron[5] ne lâche point sa proie.

---

1. *m'offrir* : m'exposer volontairement.
2. *en* : de vous.
3. *tutélaire* : protecteur.
4. *sombres* : cf. v. 385.
5. *Achéron* : les enfers, où coule le fleuve Achéron.

Que dis-je ? Il n'est point mort, puisqu'il respire en vous.
Toujours devant mes yeux je crois voir mon époux.
Je le vois, je lui parle ; et mon cœur... Je m'égare,
Seigneur, ma folle ardeur malgré moi se déclare.

HIPPOLYTE

Je vois de votre amour l'effet prodigieux.
Tout mort qu'il est, Thésée est présent à vos yeux ;
Toujours de son amour votre âme est embrasée.

PHÈDRE

Oui, Prince, je languis•, je brûle pour Thésée.
Je l'aime, non point tel que l'ont vu les enfers,
Volage adorateur de mille objets• divers,
Qui va du dieu des morts déshonorer la couche[1] ;
Mais fidèle, mais fier, et même un peu farouche,
Charmant[2], jeune, traînant tous les cœurs après soi[3],
Tel qu'on dépeint nos dieux, ou tel que je vous voi.
Il avait votre port, vos yeux, votre langage,
Cette noble pudeur colorait son visage
Lorsque de notre Crète il traversa les flots,
Digne sujet des vœux des filles de Minos[4].
Que faisiez-vous alors ? Pourquoi, sans Hippolyte,
Des héros de la Grèce assembla-t-il l'élite ?
Pourquoi, trop jeune encor, ne pûtes-vous alors
Entrer dans le vaisseau qui le mit sur nos bords ?
Par vous aurait péri le monstre de la Crète,
Malgré tous les détours de sa vaste retraite[5].
Pour en développer• l'embarras incertain,
Ma sœur du fil fatal[6] eût armé votre main.
Mais non, dans ce dessein je l'aurais devancée :
L'amour m'en eût d'abord[7] inspiré la pensée.

1. *déshonorer la couche* : on disait que Thésée était descendu aux enfers pour enlever la femme de Pluton-Hadès, Proserpine.
2. *charmant* : envoûtant.
3. *après soi* : après lui (emploi du pronom réfléchi).
4. *filles de Minos* : Ariane et Phèdre elle-même.
5. *sa vaste retraite* : le Labyrinthe.
6. *fil fatal* : le fil d'Ariane.
7. *d'abord* : à moi la première, tout de suite, avant Ariane.

C'est moi, Prince, c'est moi dont l'utile secours
Vous eût du Labyrinthe enseigné les détours.
Que de soins• m'eût coûtés cette tête charmante[1] !
Un fil n'eût point assez rassuré votre amante•.
Compagne du péril qu'il vous fallait chercher,
Moi-même devant vous j'aurais voulu marcher ;
Et Phèdre au Labyrinthe avec vous descendue
Se serait avec vous retrouvée, ou perdue[2].

HIPPOLYTE

Dieux ! qu'est-ce que j'entends ! Madame, oubliez-vous
Que Thésée est mon père, et qu'il est votre époux ?

PHÈDRE

Et sur quoi jugez-vous que j'en perds la mémoire,
Prince ? Aurais-je perdu tout le soin de ma gloire[3] ?

HIPPOLYTE

Madame, pardonnez. J'avoue, en rougissant,
Que j'accusais à tort un discours innocent.
Ma honte ne peut plus soutenir votre vue ;
Et je vais...

PHÈDRE

Ah ! cruel, tu m'as trop entendue[4].
Je t'en ai dit assez pour te tirer d'erreur.
Hé bien ! connais donc Phèdre et toute sa fureur.
J'aime. Ne pense pas qu'au moment que je t'aime,
Innocente à mes yeux, je m'approuve moi-même ;
Ni que du fol amour qui trouble ma raison
Ma lâche complaisance ait nourri le poison.
Objet infortuné des vengeances célestes,
Je m'abhorre encor plus que tu ne me détestes.
Les dieux m'en sont témoins, ces dieux qui dans mon flanc,
Ont allumé le feu fatal à tout mon sang,
Ces dieux qui se sont fait une gloire cruelle
De séduire• le cœur d'une faible mortelle.

---

1. *cette tête charmante* : votre personne qui m'envoûte.
2. *perdue* : double sens du mot (égarée ; ayant renoncé à la pudeur ou à l'honneur).
3. *soin de ma gloire* : souci de ma réputation.
4. *entendue* : comprise.

Toi-même en ton esprit rappelle le passé.
C'est peu de t'avoir fui, cruel, je t'ai chassé ;
J'ai voulu te paraître odieuse, inhumaine ;
Pour mieux te résister, j'ai recherché ta haine.
De quoi m'ont profité[1] mes inutiles soins ?
Tu me haïssais plus, je ne t'aimais pas moins.
Tes malheurs te prêtaient encor de nouveaux charmes•.
J'ai langui, j'ai séché, dans les feux, dans les larmes.
Il suffit de tes yeux pour t'en persuader,
Si tes yeux un moment pouvaient me regarder.
Que dis-je ? Cet aveu que je te viens de faire,
Cet aveu si honteux, le crois-tu volontaire ?
Tremblante pour un fils que je n'osais trahir,
Je te venais prier de ne le point haïr.
Faibles projets d'un cœur trop plein de ce qu'il aime !
Hélas ! je ne t'ai pu parler que de toi-même.
Venge-toi, punis-moi d'un odieux amour.
Digne fils du héros qui t'a donné le jour,
Délivre l'univers d'un monstre qui t'irrite.
La veuve de Thésée ose aimer Hippolyte !
Crois-moi, ce monstre affreux ne doit point t'échapper.
Voilà mon cœur. C'est là que ta main doit frapper.
Impatient déjà d'expier son offense[2],
Au-devant de ton bras je le[3] sens qui s'avance.
Frappe. Ou si tu le crois indigne de tes coups,
Si ta haine m'envie• un supplice si doux,
Ou si d'un sang trop vil ta main serait trempée,
Au défaut de ton bras prête-moi ton épée.
Donne[4].

ŒNONE

Que faites-vous, Madame ? Juste Dieux !
Mais on vient. Évitez des témoins odieux ;
Venez, rentrez, fuyez une honte certaine.

1. *de quoi m'ont profité* : quel profit ai-je tiré de.
2. *son offense* : l'offense qu'il t'a faite.
3. *le* : mon cœur.
4. *donne* : Phèdre arrache l'épée d'Hippolyte.

Questions

## *Compréhension*

- ***Les personnages***

— *Phèdre*

*1. La longue scène permet de voir plusieurs facettes du personnage : récapitulez, en donnant le plan général de l'évolution, les étapes du comportement de l'héroïne. Quelle est la tactique qu'elle suit pour en venir lentement à avouer son amour ?*

*2. Deux moments décisifs : v. 634 et v. 671 : de l'aveu déguisé à la déclaration violente. Montrez comment se manifestent les différences, en observant les temps ; les pronoms ; les registres d'images ; le passage du fantasme au réel, de l'allusif au concret, du mythe au vécu.*

*3. C'est un aveu mais aussi un plaidoyer : citez les arguments utilisés par Phèdre pour justifier sa passion et s'en excuser.*

— *Hippolyte*

*4. Dans quel état d'esprit, vu ce qu'il vient de se passer, accueille-t-il Phèdre ? Comment réagit-il d'abord (v. 595-633) ?*

*5. Si vous deviez jouer le rôle d'Hippolyte, à quel moment feriez-vous apparaître que les vrais sentiments de Phèdre vous deviennent clairs (pendant la tirade des vers 634-662) ? Pourquoi sa seule parade, finalement, est-elle la fuite (v. 670) : un autre choix s'offre-t-il à l'auteur ? Imaginez ce qui se passerait sur scène autrement.*

- ***Les circonstances***

*6. Le spectateur attendait cette rencontre : comment a-t-on d'abord ménagé le « suspense » ? Souvenez-vous aussi du premier aveu de Phèdre (v. 269-316) et comparez.*

*7. Quel est l'intérêt de la présence d'Œnone, du point de vue dramatique, surtout à la fin ?*

*8. Telle que nous la voyons maintenant, après cet éclat, de quoi Phèdre nous paraît-elle désormais capable ?*

- ***La signification : la « fureur » passionnelle***

*9. Les vers 670-711 permettent de comprendre ce qu'est l'amour fou dans la tragédie racinienne, image de ce que les Anciens appelaient « hybris », mélange de violence et de délire. Reprenez le fil de cette tirade et définissez les effets de la passion. Soyez attentifs au vocabulaire utilisé : à quels réseaux lexicaux emprunte-t-il surtout ?*

*10. Pourquoi Racine insiste-t-il tant sur la violence (hallucination, cri, autodestruction, paroxysme, folie) de l'amour ? Observez les rapports entre haine et amour. Distinguez amour et passion, en vous interrogeant sur l'étymologie du mot passion.*

## Écriture

*11. Toute la violence des sentiments n'aboutit jamais à un acte. La parole est le seul moyen du drame. Observez comment la langue de Racine exprime la force incontrôlable du déchaînement amoureux (v. 670-711), en relevant les procédés stylistiques.*

*12. Réécriture : un procédé racinien : la synecdoque. Cette forme de métaphore consiste à désigner la partie pour le tout : « tête » pour « homme » (v. 6). Le héros racinien dit « mes lèvres », « mes yeux », « mon sang », comme s'il subissait ce qu'il dit et fait. Relevez les exemples dans la scène.*

*Désignez par une synecdoque : la maison ; un bateau ; l'objet avec lequel vous écrivez ; des bijoux. Comment appelle-t-on un homme qui dit du mal des autres ? Toutes les matières qui entrent dans la composition d'un objet finissent par désigner cet objet : donnez des exemples.*

*Écrivez à la manière racinienne : je vous regarde ; je vous aime ; je vous attends ; je me dirige vers vous ; je pâlis ; j'entends du bruit ; etc.*

## SCÈNE 6. HIPPOLYTE, THÉRAMÈNE

THÉRAMÈNE
Est-ce Phèdre qui fuit, ou plutôt qu'on entraîne ?
Pourquoi, Seigneur, pourquoi ces marques de douleur ?
Je vous vois sans épée, interdit, sans couleur.

HIPPPOLYTE
Théramène, fuyons. Ma surprise est extrême.
Je ne puis sans horreur me regarder moi-même.
Phèdre... Mais non, grands dieux ! qu'en un profond oubli
Cet horrible secret demeure enseveli.

THÉRAMÈNE
Si vous voulez partir, la voile est préparée.
Mais Athènes, Seigneur, s'est déjà déclarée.
Ses chefs ont pris les voix de toutes ses tribus[1].
Votre frère l'emporte, et Phèdre a le dessus.

HIPPOLYTE
Phèdre ?

THÉRAMÈNE
Un héraut chargé des volontés d'Athènes
De l'État en ses mains vient remettre les rênes.
Son fils est roi, Seigneur.

HIPPOLYTE
Dieux, qui la connaissez,
Est-ce donc sa vertu que vous récompensez ?

THÉRAMÈNE
Cependant un bruit sourd veut que le roi respire.
On prétend que Thésée a paru dans l'Épire.
Mais moi qui l'y cherchai, Seigneur, je sais trop bien...

HIPPOLYTE
N'importe, écoutons tout, et ne négligeons rien.
Examinons ce bruit, remontons à sa source.
S'il ne mérite pas d'interrompre ma course[2],
Partons ; et quelque prix qu'il en puisse coûter,
Mettons le sceptre aux mains dignes de le porter[3].

1. *tribus* : les dix tribus d'Athènes, qui ont donné à Phèdre la régence du royaume.
2. *ma course* : mon départ.
3. *mettons (...) porter* : dans celles d'Aricie.

Questions

## Compréhension

• ***Le personnage d'Hippolyte***

*1. D'après ses quatre répliques, quelles sont les dispositions d'esprit d'Hippolyte ?*

• ***Les circonstances***

*2. La possibilité du retour de Thésée se fait plus insistante : pour Hippolyte est-ce un espoir ou une crainte ? Et pour le spectateur ?*

• ***La signification***

*3. Quelle est l'importance, du point de vue dramatique, des vers 719-720 ?*

*4. Sur quel ton faut-il jouer la réplique d'Hippolyte aux vers 727-728 : ironie, scandale, désespoir ? Dans tous les cas, ne montre-t-elle pas qu'Hippolyte n'a pas encore saisi la réalité du tragique ?*

*Cavaliers - Bas-relief antique*

**Bilan**

## L'action

- ***Ce que nous savons***

*À la différence de ce qui s'était passé dans l'acte I, Phèdre et Hippolyte ont avoué leur amour directement à la personne concernée — et non à leur confident. Ces déclarations modifient les rapports dramatiques : chaque couple partage un secret, présenté comme inavouable (cf. v. 720). Le possible retour de Thésée (sc. 6) va transformer ces deux amours interdites (Hippolyte < > Aricie ; Phèdre > Hippolyte) en vrai danger.*

- ***À quoi faut-il nous attendre ?***

*Le nœud du drame va se resserrer et les silences vont devenir plus pesants. À la rigueur Hippolyte peut reconnaître son amour pour Aricie, mais dénoncera-t-il Phèdre à son époux ? Et Phèdre elle-même pourra-t-elle faire comme s'il ne s'était rien passé ? L'absence de Thésée a simplement permis aux héros de s'engager dans une voie interdite : quelle issue leur restera-t-il ?*

## Les personnages

- ***Ce que nous savons***

*Après les portraits de l'acte I, Phèdre et Hippolyte se sont engagés dans l'action dramatique proprement dite et se sont compromis. Du même coup, ils ont impliqué deux autres personnages : Œnone (qui assiste à la scène 5) et Aricie (qui est mise au pied du mur : v. 571). Par une savante symétrie (amour partagé/amour dédaigné), les scènes 2 et 5 offrent la double image de la passion, mais dans les deux cas, planent la honte, le remords, l'interdit.*

*On notera qu'Aricie est cependant un personnage assez secondaire et qu'elle n'offrira pas à Hippolyte un soutien énergique dans l'action, qu'elle subit. En revanche Œnone s'annonce active. Hippolyte est assez seul : la fin de la scène 3 le laisse sur sa faim. Et dans la scène 6, il s'engage dans un mutisme (v. 720) qui va lui compliquer la tâche.*

• ***À quoi faut-il nous attendre ?***

*Le piège risque de se refermer d'abord sur le plus isolé des personnages : qui seront les victimes désignées de l'acte III ? Pourquoi a-t-on tellement insisté sur le sentiment de culpabilité qui habite Hippolyte face à son père, face à l'amour qu'il ressent ? Pourquoi est-il resté hébété lors de la fin de l'aveu de Phèdre ? D'après les caractères qui se sont précisés, qui sera le plus capable de nuire : Phèdre ou Hippolyte ? Œnone ou Aricie ?*

*Statuettes de Tanagra - Musée national d'Athènes*

# ACTE III

## SCÈNE 1. PHÈDRE, ŒNONE

PHÈDRE

Ah ! que l'on porte ailleurs les honneurs[1] qu'on m'envoie.
Importune, peux-tu souhaiter qu'on me voie ?
De quoi viens-tu flatter[2] mon esprit désolé ?
Cache-moi bien plutôt : je n'ai que trop parlé.
Mes fureurs au dehors ont osé se répandre.
J'ai dit ce que jamais on ne devait entendre.
Ciel ! comme il m'écoutait ! Par combien de détours
L'insensible a longtemps éludé mes discours[3] !
Comme il ne respirait• qu'une retraite prompte !
Et combien sa rougeur a redoublé ma honte !
Pourquoi détournais-tu mon funeste dessein[4] ?
Hélas ! quand son épée allait chercher mon sein,
A-t-il pâli pour moi ? me l'a-t-il arrachée ?
Il suffit que ma main l'ait une fois touchée,
Je l'ai rendue horrible à ses yeux inhumains ;
Et ce fer malheureux profanerait ses mains.

ŒNONE

Ainsi, dans vos malheurs ne songeant qu'à vous plaindre,
Vous nourrissez un feu qu'il vous faudrait éteindre.
Ne vaudrait-il pas mieux, digne sang[5] de Minos.
Dans de plus nobles soins[6] chercher votre repos,
Contre un ingrat qui plaît recourir à la fuite,
Régner, et de l'État embrasser la conduite ?

---

1. *les honneurs* : les attributs royaux.
2. *flatter* : divertir, tromper, abuser.
3. *éludé mes discours* : évité de m'écouter.
4. *funeste dessein* : mon projet de me tuer.
5. *digne sang* : digne descendante.
6. *soins* : occupations.

PHÈDRE

Moi régner ! Moi ranger un État sous ma loi,
Quand ma faible raison ne règne plus sur moi !
Lorsque j'ai de mes sens abandonné l'empire !
Quand sous un joug honteux à peine je respire !
Quand je me meurs !

ŒNONE

Fuyez.

PHÈDRE

Je ne le puis quitter.

ŒNONE

Vous l'osâtes bannir[1], vous n'osez l'éviter ?

PHÈDRE

Il n'est plus temps. Il sait mes ardeurs• insensées.
De l'austère pudeur les bornes sont passées.
J'ai déclaré ma honte aux yeux de mon vainqueur,
Et l'espoir, malgré moi, s'est glissé dans mon cœur.
Toi-même, rappelant ma force défaillante,
Et mon âme[2] déjà sur mes lèvres errante,
Par tes conseils flatteurs, tu m'as su ranimer.
Tu m'as fait entrevoir que je pouvais l'aimer.

ŒNONE

Hélas ! de vos malheurs innocente ou coupable,
De quoi pour vous sauver n'étais-je point capable ?
Mais si jamais l'offense irrita vos esprits[3],
Pouvez-vous d'un superbe• oublier les mépris ?
Avec quels yeux cruels sa rigueur obstinée
Vous laissait à ses pieds peu s'en faut prosternée !
Que son farouche orgueil le rendait odieux !
Que[4] Phèdre en ce moment n'avait-elle mes yeux !

1. cf. v. 40.
2. *âme* : le souffle de ma vie.
3. *si jamais (...) esprits* : si jamais une offense a pu vous blesser.
4. *que* : pourquoi.

PHÈDRE

Œnone, il peut quitter cet orgueil qui te blesse.
Nourri[1] dans les forêts, il en a la rudesse.
Hippolyte, endurci par de sauvages lois,
Entend parler d'amour pour la première fois.
Peut-être sa surprise a causé son silence ;
Et nos plaintes peut-être ont trop de violence.

ŒNONE

Songez qu'une barbare en son sein l'a formé.

PHÈDRE

Quoique Scythe et barbare, elle a pourtant aimé.

ŒNONE

Il a pour tout le sexe une haine fatale.

PHÈDRE

Je ne me verrai point préférer de rivale.
Enfin tous tes conseils ne sont plus de saison.
Sers ma fureur•, Œnone, et non point ma raison.
Il oppose à l'amour un cœur inaccessible :
Cherchons pour l'attaquer quelque endroit plus sensible.
Les charmes d'un empire ont paru le toucher ;
Athènes l'attirait ; il n'a pu s'en cacher ;
Déjà de ses vaisseaux la pointe était tournée[2],
Et la voile flottait aux vents abandonnée.
Va trouver de ma part ce jeune ambitieux,
Œnone ; fais briller la couronne à ses yeux,
Qu'il mette sur son front le sacré diadème ;
Je ne veux que l'honneur de l'attacher moi-même.
Cédons-lui ce pouvoir que je ne puis garder.
Il instruira mon fils dans l'art de commander :
Peut-être il voudra bien lui tenir lieu de père.
Je mets sous son pouvoir et le fils et la mère.
Pour le fléchir enfin tente tous les moyens :
Tes discours trouveront plus d'accès que les miens.
Presse, pleure, gémis ; plains-lui Phèdre mourante ;

1. *nourri* : élevé.
2. *tournée* : vers Athènes.

Ne rougis point[1] de prendre une voix suppliante.
Je t'avouerai• de tout ; je n'espère qu'en toi.
Va : j'attends ton retour pour disposer de moi[2].

## SCÈNE 2. PHÈDRE, *seule*

Ô toi, qui vois la honte où je suis descendue,
Implacable Vénus, suis-je assez confondue[3] ?
Tu ne saurais plus loin pousser ta cruauté.
Ton triomphe est parfait, tous les traits ont porté.
Cruelle, si tu veux une gloire nouvelle,
Attaque un ennemi qui te soit plus rebelle.
Hippolyte te fuit ; et bravant ton courroux,
Jamais à tes autels n'a fléchi les genoux.
Ton nom semble offenser ses superbes• oreilles.
Déesse, venge-toi : nos causes sont pareilles.
Qu'il aime... Mais déjà tu reviens sur tes pas.
Œnone ! On[4] me déteste, on ne t'écoute pas.

1. *ne rougis point* : n'aie pas honte.
2. *disposer de moi* : décider de mon sort.
3. *confondue* : humiliée.
4. *on* : le pronom indéfini sert à nommer l'être aimé, dans le style galant.

Questions

## Compréhension

**• *Les personnages***

*— Phèdre*

*1. Avec le début de l'acte III, le personnage principal va tenter de contourner l'obstacle et de chercher une illusoire solution : faites le relevé des diverses issues qu'elle se propose.*

*2. Le monologue de la scène 2 (la prière à Vénus) prolonge cette tactique de Phèdre : comment essaie-t-elle de retourner la déesse de l'Amour et de la transformer en complice ?*

*3. Montrez comment Phèdre est partagée entre la passion (aveuglement, soumission, obsession) et la lucidité (volonté, responsabilité, action), en relevant les expressions les plus caractéristiques de ce « dédoublement ».*

*— Œnone*

*4. Œnone est elle aussi divisée : comment réagit-elle d'abord (v. 733-780) ? Quels sentiments veut-elle susciter chez Phèdre ? Comment Racine rend-il visible ensuite, dans la scène, qu'Œnone vacille et semble prête à tout ?*

*5. Face à l'excitation de Phèdre, quelles valeurs incarne Œnone ?*

**• *Les circonstances***

*6. Pourquoi Racine fait-il répéter par Phèdre la scène de l'aveu (II, 5) alors qu'Œnone y a elle-même assisté ?*

*7. Justifiez l'utilité de placer à cet endroit, scène 2, le premier monologue de la pièce ?*

*8. Le spectateur sait que la stratégie de Phèdre (v. 790-812) va échouer : de quels éléments d'information disposons-nous, que Phèdre ignore ?*

**• *La signification***

*9. La scène donne l'impression que le héros peut agir par lui-même et exercer une sorte de liberté : précisez en quoi elle consiste. En quoi cette liberté est-elle nécessaire, dans la conception racinienne du tragique, à la perte du héros ?*

*10. La situation d'Œnone : pourquoi devient-elle un « double » de Phèdre ? Montrez qu'elle représente une autre forme du pessimisme de Racine.*

## Écriture

*11. Le monologue de la scène 2 a deux aspects : lyrique (expression de sentiments) et argumentatif (désir de convaincre). Relevez les signes stylistiques de l'un et de l'autre.*

*12. Cette prière prête à la divinité des caractères humains : comment s'exprime cet anthropomorphisme ?*

*13. Réécriture : le jeu des contrastes :*
*« Sers ma fureur, Œnone, et non point ma raison » (v. 792).*
*Écrivez un alexandrin sur la même structure en utilisant comme premier terme :*
*passion - malheur - courage - repos - pudeur - cruauté - orgueil - odieux - amour - violence - sacré - humilié/humilité - rebelle.*
*ex. : Mais je vois mon triomphe en étant humilié*
*Ta rudesse est pour moi une tendre douceur*
*Je t'ai soumis, cruel, pour être ton esclave ; etc.*

Tête de Muse, dans le style de Praxitèle - Museo Profano Lateranense, Rome.

## SCÈNE 3. PHÈDRE, ŒNONE

ŒNONE
Il faut d'un vain[1] amour étouffer la pensée,
Madame. Rappelez votre vertu passée :
Le roi, qu'on a cru mort, va paraître à vos yeux ;
Thésée est arrivé, Thésée est en ces lieux.
Le peuple, pour le voir, court et se précipite.
Je sortais par votre ordre, et cherchais Hippolyte,
Lorsque jusques au ciel mille cris élancés[2]...

PHÈDRE
Mon époux est vivant, Œnone, c'est assez.
J'ai fait l'indigne aveu d'un amour qui l'outrage ;
Il vit : je ne veux pas en savoir davantage.

ŒNONE
Quoi ?

PHÈDRE
Je te l'ai prédit ; mais tu n'as pas voulu.
Sur mes justes remords tes pleurs ont prévalu.
Je mourais[3] ce matin digne d'être pleurée ;
J'ai suivi tes conseils, je meurs déshonorée.

Œnone
Vous mourez ?

PHÈDRE
Juste ciel ! qu'ai-je fait aujourd'hui ?
Mon époux va paraître, et son fils avec lui.
Je verrai le témoin de ma flamme adultère
Observer de quel front• j'ose aborder son père,
Le cœur gros de soupirs qu'il n'a point écoutés,
L'œil humide de pleurs par l'ingrat rebutés.
Penses-tu que, sensible à l'honneur de Thésée,
Il lui cache l'ardeur dont je suis embrasée ?
Laissera-t-il trahir et son père et son roi ?

1. *vain* : inutile, impossible.
2. *élancés* : lancés.
3. *je mourais* : je serais morte (imparfait de l'indicatif à valeur d'irréel).

Pourra-t-il contenir l'horreur qu'il a pour moi ?
Il se tairait en vain. Je sais mes perfidies[1],
Œnone, et ne suis point de ces femmes hardies
Qui goûtant dans le crime une tranquille paix,
Ont su se faire un front qui ne rougit jamais.
Je connais mes fureurs, je les rappelle toutes[2]
Il me semble déjà que ces murs, que ces voûtes[3]
Vont prendre la parole, et prêts à m'accuser,
Attendent mon époux pour le désabuser.
Mourons. De tant d'horreurs qu'un trépas me délivre.
Est-ce un malheur si grand que de cesser de vivre ?
La mort aux malheureux ne cause point d'effroi.
Je ne crains que le nom[4] que je laisse après moi.
Pour mes tristes• enfants quel affreux héritage !
Le sang de Jupiter doit enfler[5] leur courage ;
Mais quelque juste orgueil qu'inspire un sang si beau,
Le crime d'une mère est un pesant fardeau.
Je tremble qu'un discours, hélas ! trop véritable,
Un jour ne leur reproche une mère coupable.
Je tremble qu'opprimés[6] de ce poids odieux
L'un ni l'autre jamais n'ose lever les yeux.

ŒNONE

Il n'en faut point douter, je les plains l'un et l'autre ;
Jamais crainte ne fut plus juste que la vôtre.
Mais à de tels affronts pourquoi les exposer ?
Pourquoi contre vous-même allez-vous déposer[7] ?
C'en est fait : on dira que Phèdre, trop coupable,
De son époux trahi fuit l'aspect redoutable.
Hippolyte est heureux qu'aux dépens de vos jours
Vous-même en expirant appuyez[8] ses discours.

---

1. *perfidies* : ruptures de la foi jurée ; manquements à la fidélité.
2. *je les rappelle toutes* : j'en ai conscience, je m'en souviens.
3. *voûtes* : anachronisme, car les Grecs ne connaissaient pas la voûte.
4. *nom* : renom.
5. *enfler* : augmenter (car Phèdre et ses enfants descendent de Jupiter).
6. *opprimés* : accablés.
7. *déposer* : faire une déposition (en justice).
8. *appuyez* : soutenez, confirmez.

À votre accusateur que pourrai-je répondre ?
Je serai devant lui trop facile à confondre.
De son triomphe affreux je le verrai jouir,
Et conter votre honte à qui voudra l'ouïr.
Ah ! que plutôt du ciel la flamme me dévore !
Mais ne me trompez point, vous est-il cher encore ?
De quel œil voyez-vous ce prince audacieux ?

PHÈDRE

Je le vois comme un monstre effroyable à mes yeux.

ŒNONE

Pourquoi donc lui céder une victoire entière ?
Vous le craignez. Osez l'accuser la première
Du crime dont il peut vous charger aujourd'hui.
Qui vous démentira ? Tout parle contre lui :
Son épée en vos mains heureusement[1] laissée,
Votre trouble présent, votre douleur passée,
Son père par vos cris dès longtemps prévenu[2],
Et déjà son exil par vous-même obtenu.

PHÈDRE

Moi, que j'ose opprimer et noircir l'innocence ?

ŒNONE

Mon zèle[3] n'a besoin que de votre silence.
Tremblante comme vous, j'en[4] sens quelque remords.
Vous me verriez plus prompte affronter mille morts.
Mais puisque je vous perds sans ce triste• remède,
Votre vie est pour moi d'un prix à qui tout cède.
Je parlerai. Thésée, aigri• par mes avis,
Bornera sa vengeance à l'exil de son fils.
Un père en punissant, Madame, est toujours père :
Un supplice léger suffit à sa colère.
Mais le sang innocent dût-il être versé,
Que ne demande point votre honneur menacé ?
C'est un trésor trop cher pour oser le commettre•.

---

1. *heureusement* : par chance, par bonheur.
2. *prévenu* : d'avance mal disposé à son égard.
3. *zèle* : dévouement efficace.
4. *en* : d'« opprimer et noircir d'innocence ».

Quelque loi qu'il vous dicte, il faut vous y soumettre,
Madame ; et pour sauver notre honneur combattu[1],
Il faut immoler[2] tout, et même la vertu.
On vient ; je vois Thésée.

PHÈDRE

Ah ! je vois Hippolyte ;
Dans ses yeux insolents je vois ma perte écrite.
Fais ce que tu voudras, je m'abandonne à toi.
Dans le trouble• où je suis, je ne puis rien pour moi.

1. *combattu* : menacé.
2. *immoler* : sacrifier.

Questions

## Compréhension

• ***Les personnages***

*1. Le coup de théâtre provoque de violents changements psychologiques chez Phèdre : définissez ses réactions instinctives et montrez, d'autre part, comment se manifeste son angoisse.*

*2. De même, l'amour de Phèdre prend une tournure haineuse (v. 884) : relevez les diverses raisons invoquées pour justifier ce changement.*

*3. Œnone (par la volonté de Racine) formule ce que Phèdre n'ose dire. Quels sentiments et quels projets, dévoile-t-elle ?*

• ***Les circonstances***

*4. C'est la mort supposée de Thésée qui a permis les aveux de l'acte II. Quel est l'effet dramatique de son retour ?*

*5. Les rapports entre les êtres évoluent, dans ces nouvelles circonstances : montrez ces changements dans les rapports Phèdre/Œnone, en suivant le plan de la scène.*

• ***La signification***

*6. Le tragique éclate avec la déclaration (avec l'aveu amoureux, par exemple) : relevez les occurrences de ce thème.*

*7. Le tragique est vécu comme le dénudement sous le regard d'autrui : l'enfer, c'est le regard des autres, quand on ne peut plus tricher. Relevez les occurrences du thème de la vue.*

*8. Le tragique est une « machine infernale » : chacun pousse l'autre au pire, dans l'espoir de se sauver. Montrez comment cette idée de la fatalité est formulée, au travers d'images.*

## Ecriture

*9. Deux constantes du style racinien : le pluriel poétique et l'antéposition de l'adjectif (« mes justes remords »). Donnez les principaux exemples dans cette scène.*

## Mise en scène

*10. Quels jeux de scène proposeriez-vous pour illustrer le renversement des rapports entre les deux personnages ?*

*Sarcophage grec, bas-relief représentant Phèdre, belle-mère d'Hyppolyte (cathédrale d'Agrigente, Sicile).*

## SCÈNE 4. THÉSÉE, HIPPOLYTE, PHÈDRE, ŒNONE, THÉRAMÈNE

THÉSÉE

La fortune à mes vœux• cesse d'être opposée,
Madame ; et dans vos bras met...

PHÈDRE

Arrêtez, Thésée,
Et ne profanez point des transports[1] si charmants.
Je ne mérite plus ces doux empressements[2].
Vous êtes offensé. La fortune• jalouse
N'a pas en votre absence épargné votre épouse.
Indigne de vous plaire et de vous approcher,
Je ne dois désormais songer qu'à me cacher.

## SCÈNE 5. THÉSÉE, HIPPOLYTE, THÉRAMÈNE

THÉSÉE

Quel est l'étrange accueil qu'on fait à votre père,
Mon fils ?

HIPPOLYTE

Phèdre peut seule expliquer ce mystère.
Mais si mes vœux ardents vous peuvent émouvoir,
Permettez-moi, Seigneur, de ne la plus revoir ;
Souffrez que pour jamais le tremblant Hippolyte
Disparaisse des lieux que votre épouse habite.

THÉSÉE

Vous, mon fils, me quitter ?

HIPPOLYTE

Je ne la cherchais pas :
C'est vous qui sur ces bords conduisîtes ses pas.
Vous daignâtes, Seigneur, aux rives de Trézène

1. *transports* : manifestations de l'amour.
2. *empressements* : marques d'affection.

Confier en partant Aricie et la reine.
Je fus même chargé du soin de les garder.
Mais quels soins• désormais peuvent me retarder[1] ?
Assez dans les forêts mon oisive jeunesse
Sur de vils ennemis a montré son adresse.
Ne pourrai-je, en fuyant un indigne repos,
D'un sang plus glorieux teindre mes javelots ?
Vous n'aviez pas encore atteint l'âge où je touche,
Déjà plus d'un tyran, plus d'un monstre farouche[2]
Avait de votre bras senti la pesanteur ;
Déjà, de l'insolence heureux persécuteur[3],
Vous aviez des deux mers assuré[4] les rivages.
Le libre voyageur ne craignait plus d'outrages ;
Hercule, respirant sur le bruit de vos coups[5],
Déjà de son travail se reposait sur vous.
Et moi, fils inconnu d'un si glorieux père,
Je suis même encor loin des traces de ma mère.
Souffrez que mon courage ose enfin s'occuper.
Souffrez, si quelque monstre a pu vous échapper,
Que j'apporte à vos pieds sa dépouille honorable,
Ou que d'un beau trépas la mémoire durable,
Éternisant des jours si noblement finis,
Prouve à tout l'univers que j'étais votre fils.

THÉSÉE

Que vois-je ? Quelle horreur dans ces lieux répandue
Fait fuir devant mes yeux ma famille éperdue ?
Si je reviens si craint et si peu désiré,
Ô ciel, de ma prison pourquoi m'as-tu tiré ?
Je n'avais qu'un ami[6]. Son imprudente flamme
Du tyran de l'Épire allait ravir la femme,
Je servais à regret ses desseins amoureux ;

1. *quels soins (...) me retarder* : quelles obligations peuvent désormais m'obliger à rester ici ?
2. cf. v. 79-81.
3. *heureux persécuteur* : Thésée a su poursuivre avec réussite les fléaux qui ravageaient la Grèce.
4. *assuré* : rendu sûrs, rendu sans danger.
5. *respirant (...) coups* : reprenant son souffle à l'annonce de vos exploits.
6. *ami* : Pirithoüs.

Mais le sort irrité nous aveuglait tous deux.
Le tyran m'a surpris sans défense et sans armes.
J'ai vu Pirithoüs, triste objet de mes larmes,
Livré par ce barbare à des monstres cruels[1]
Qu'il nourrissait du sang des malheureux mortels.
Moi-même, il m'enferma dans des cavernes sombres,
Lieux profonds, et voisins de l'empire des ombres.
Les dieux, après six mois, enfin m'ont regardé :
J'ai su tromper les yeux de qui[2] j'étais gardé.
D'un perfide ennemi j'ai purgé[3] la nature ;
À ses monstres lui-même a servi de pâture ;
Et lorsque avec transport je pense m'approcher
De tout ce que les dieux m'ont laissé de plus cher ;
Que dis-je ? Quand mon âme, à soi-même rendue,
Vient se rassasier d'une si chère vue,
Je n'ai pour tout accueil que des frémissements[4] :
Tout fuit, tout se refuse à mes embrassements.
Et moi-même, éprouvant la terreur que j'inspire,
Je voudrais être encor dans les prisons d'Épire.
Parlez. Phèdre se plaint que je suis outragé.
Qui m'a trahi ? Pourquoi ne suis-je pas vengé ?
La Grèce, à qui mon bras fut tant de fois utile,
A-t-elle au criminel accordé quelque asile ?
Vous ne répondez point. Mon fils, mon propre fils
Est-il d'intelligence avec mes ennemis ?
Entrons. C'est trop garder un doute qui m'accable.
Connaissons à la fois le crime et le coupable.
Que Phèdre explique enfin le trouble• où je la voi[5].

1. *monstres cruels* : le tyran fit dévorer Pirithoüs par des chiens.
2. *de qui* : de ceux par qui j'étais gardé.
3. *purgé* : débarrassé.
4. *frémissements* : émotions de crainte.
5. *je la voi* : cf. v. 155.

## SCÈNE 6. HIPPOLYTE, THÉRAMÈNE

HIPPOLYTE

Où tendait ce discours[1] qui m'a glacé d'effroi ?
Phèdre, toujours en proie à sa fureur extrême,
Veut-elle s'accuser et se perdre elle-même ?
Dieu ! que dira le roi ? Quel funeste• poison
L'amour a répandu sur toute sa maison !
Moi-même, plein d'un feu• que sa haine réprouve,
Quel il m'a vu jadis, et quel[2] il me retrouve !
De noirs pressentiments viennent m'épouvanter.
Mais l'innocence enfin n'a rien à redouter.
Allons, cherchons ailleurs par quelle heureuse adresse•
Je pourrai de mon père émouvoir la tendresse,
Et lui dire un amour qu'il peut vouloir troubler,
Mais que tout son pouvoir ne saurait ébranler.

1. *ce discours* : les paroles de Phèdre.
2. *quel* : dans quel état.

Questions

## *Compréhension*

**• *Les personnages***

*1. Thésée : Racine ne lui laisse guère le temps de se présenter. Mais il apparaît surtout comme un être divisé, double, tour à tour abattu et héroïque. Relevez les termes qui illustrent les deux aspects de ce comportement.*

*2. Comment définir l'attitude d'Hippolyte dans la scène 5 ? Pourquoi son silence face à son père ? Pourquoi se compare-t-il à lui ? Comment justifie-t-il son départ ?*

*3. Une fois seul, Hippolyte se révèle assez différent (sc. 6) : quels sont les sentiments qui l'agitent ? Parle-t-il de son père comme il faisait en sa présence ?*

**• *Les circonstances***

*4. La dramatisation repose sur de forts contrastes : précisez lesquels, en observant les deux face-à-face (Phèdre/Thésée ; Hippolyte/Thésée). Pourquoi la scène 4 est-elle si brève ?*

*5. L'évolution des trois scènes fait terminer l'acte sur une forte tension : citez les vers où l'on voit l'action se précipiter et l'inquiétude monter.*

**• *La signification***

*6. Pourquoi revient ici (une nouvelle fois) le rappel des hauts-faits guerriers de Thésée ? Quel climat Racine cherche-t-il à créer par ce leitmotiv, surtout dans les vers 927-952 et 962-970 ? Quelle est la valeur symbolique de ces évocations ?*

*7. Le père et le fils : quelle image la tragédie nous offre-t-elle des relations entre ces deux êtres ?*

## *Ecriture*

*8. L'indicible : montrez comment se manifeste stylistiquement l'art de l'esquive ou du demi-aveu, dans les scènes 4 et 5, notamment dans les propos d'Hippolyte. Thésée peut-il comprendre tout ce que le spectateur perçoit ?*

*9. Donnez des exemples du style épique dans la tirade de Thésée (v. 953-978).*

*10. Relevez les principales marques du style émotif dans les vers 979 à 1000.*

## *Mise en scène*

*11. Comment placer les personnages et quels conseils donner aux acteurs pour rendre possible les froides retrouvailles de la scène 4 ?*

*12. Quelle attitude doit avoir Hippolyte pour que Thésée n'attende pas la réponse à ses questions (v. 980) et sorte directement de scène (v. 985) ?*

*Personnage de théâtre, masqués. Petit bas-relief à la base de la scène du théâtre antique de Sabratha (Libye).*

Bilan

## L'action

- ***Ce que nous savons***

*Tout l'acte repose sur le nœud dramatique du retour de Thésée. Les perspectives changent en tout domaine : l'espoir de Phèdre va s'écrouler ; l'amour d'Hippolyte et Aricie va se heurter à la condamnation du père ; Hippolyte va être pris entre un impossible aveu ou la fuite ; Thésée lui-même, qui espérait des retrouvailles heureuses, est confronté à un accueil incompréhensible. Rien ne pourra subsister en l'état.*

- ***À quoi faut-il nous attendre ?***

*L'accélération dramatique est perceptible : le temps des rêves et de l'espoir cesse.*
*Le temps présent tourne à l'urgence. Il contraint à des décisions (« Thésée est arrivé, Thésée est en ces lieux », v. 828).*
*On sent l'affolement général et on peut craindre que les personnages, traqués, soient incapables du meilleur choix : quelles sont les issues possibles pour Phèdre et pour Hippolyte ?*

## Les personnages

- ***Ce que nous savons***

*Racine a choisi un système de symétries :*

| | |
|---|---|
| *Phèdre affolée (sc. 1-2)* | *Hippolyte stupéfait (II, 5)* |
| *Phèdre poussée au crime (sc. 3)* | *Hippolyte poussé à agir (II, 6)* |
| *Phèdre se ressaisissant (sc. 4)* | *Hippolyte se ressaisissant (sc. 6)* |

*Entre ces deux personnages piégés, s'impose une médiatrice néfaste, Œnone, qui flatte la passion de Phèdre (destructrice) et qui pousse à la calomnie, au mal. Quant à Thésée, pour l'instant abasourdi, il veut comprendre et se prépare à enquêter. Partout la parole est sentie comme dangereuse, mais Thésée veut la provoquer.*

- ***À quoi faut-il nous attendre ?***

*L'action se recentre autour de Thésée, figure forte, intraitable, un peu terrible. Comment pouvons-nous prévoir l'effet dramatique de son personnage ?*

*Vu ce qu'Œnone a projeté et ce que Thésée décide (« connaissons à la fois le crime et le coupable », v. 986), une forme de dénouement s'annonce : lequel ?*
*La relation entre Thésée et son fils semble tendue. Hippolyte est saisi par un complexe d'infériorité : il idéalise son père, veut l'imiter, mais n'ose pas lui parler en face. Quel est l'intérêt de ce rapport père/fils pour la suite ?*

*Sculpture grecque - Tête de Dionysos barbu (musée Jacquemart-André, Paris).*

BULLOZ

# ACTE IV

## SCÈNE 1. THÉSÉE, ŒNONE

THÉSÉE

Ah ! qu'est-ce que j'entends[1] ? Un traître, un téméraire
Préparait cet outrage à l'honneur de son père ?
Avec quelle rigueur, destin, tu me poursuis !
Je ne sais où je vais, je ne sais où je suis.
Ô tendresse ! ô bonté trop mal récompensée !
Projet audacieux ! détestable pensée !
Pour parvenir au but de ses noires amours,
L'insolent de la force empruntait le secours.
J'ai reconnu le fer, instrument de sa rage[2],
Ce fer dont je l'armai pour un plus noble usage.
Tous les liens du sang[3] n'ont pu le retenir ?
Et Phèdre différait à le faire punir ?
Le silence de Phèdre épargnait le coupable ?

ŒNONE

Phèdre épargnait plutôt un père déplorable•.
Honteuse du dessein d'un amant• furieux
Et du feu criminel qu'il a pris dans ses yeux[4],
Phèdre mourait, Seigneur, et sa main meurtrière
Éteignait de ses yeux l'innocente lumière.
J'ai vu lever le bras, j'ai couru la sauver.
Moi seule à votre amour j'ai su la conserver ;
Et plaignant à la fois son trouble et vos alarmes,
J'ai servi, malgré moi, d'interprète à ses larmes.

THÉSÉE

Le perfide ! Il n'a pu s'empêcher de pâlir.
De crainte, en m'abordant[5], je l'ai vu tressaillir.

---

1. *entends* : apprends.
2. *fer, instrument de sa rage* : l'épée (d'Hippolyte), instrument de sa passion violente.
3. *sang* : de la consanguinité.
4. *dans ses yeux* : la passion « furieuse » d'Hippolyte est née à la vue de Phèdre.
5. *sa main* : celle de Phèdre.
5. *en m'abordant* : quand il m'a abordé.

Je me suis étonné de son peu d'allégresse ;
Ses froids embrassements ont glacé ma tendresse.
Mais ce coupable amour dont il est dévoré
Dans Athènes déjà s'était-il déclaré ?

ŒNONE

Seigneur, souvenez-vous des plaintes de la reine.
Un amour criminel causa toute sa haine.

THÉSÉE

Et ce feu dans Trézène a donc recommencé ?

ŒNONE

Je vous ai dit, Seigneur, tout ce qui s'est passé.
C'est trop laisser la reine à sa douleur mortelle ;
Souffrez que je vous quitte et me range[1] auprès d'elle.

1. *me range* : retourne, reprenne ma place.

Questions

## *Compréhension*

- ***La calomnie d'Œnone***

*1. Thésée parle le premier, mais la conversation est prise en cours de déroulement. La calomnie d'Œnone a été dite en notre absence : pourquoi ?*

*2. Conformément au principe de l'ironie tragique, Œnone donne une information fausse avec des énoncés justes : relevez toutes les expressions qui sont à la fois mensonge et vérité.*

- ***La colère de Thésée***

*3. Thésée vous paraît-il facilement convaincu ? Sur quels principes de vraisemblance psychologique Racine se fonde-t-il pour que nous admettions cette crédulité ?*

*4. Quelle importance, pour la suite de la tragédie, peut-on accorder aux vers 1003-1004 ?*

Tête de Faune, théâtre de Dionysos (Athènes).

## SCÈNE 2. THÉSÉE, HIPPOLYTE

THÉSÉE

Ah ! le voici. Grands dieux ! à ce noble maintien
Quel œil ne serait pas trompé comme le mien ?
Faut-il que sur le front d'un profane• adultère[1]
Brille de la vertu le sacré caractère[2] ?
Et ne devrait-on pas à des signes certains
Reconnaître le cœur des perfides humains ?

HIPPOLYTE

Puis-je vous demander quel funeste• nuage,
Seigneur, a pu troubler votre auguste visage ?
N'osez-vous confier ce secret à ma foi• ?

THÉSÉE

Perfide, oses-tu bien te montrer devant moi ?
Monstre, qu'a trop longtemps épargné le tonnerre,
Reste impur des brigands dont j'ai purgé la terre !
Après que le transport d'un amour plein d'horreur
Jusqu'au lit de ton père a porté sa fureur•,
Tu m'oses présenter une tête• ennemie,
Tu parais dans des lieux pleins de ton infamie,
Et ne vas pas chercher, sous un ciel inconnu,
Des pays où mon nom ne soit point parvenu !
Fuis, traître. Ne viens point braver ici ma haine
Et tenter un courroux que je retiens à peine[3].
C'est bien assez pour moi de l'opprobre[4] éternel
D'avoir pu mettre au jour un fils si criminel,
Sans que ta mort encor, honteuse à ma mémoire[5],
De mes nobles travaux• vienne souiller la gloire,
Fuis ; et si tu ne veux qu'un châtiment soudain
T'ajoute aux scélérats qu'a punis cette[6] main,

1. *profane adultère* : adultère qui a souillé le caractère sacré d'un mariage.
2. *caractère* : signe, marque.
3. *à peine* : avec peine, difficilement.
4. *opprobre* : honte.
5. *honteuse à ma mémoire* : qui fait honte à mon renom.
6. *cette* : ma.

Prends garde que jamais l'astre qui nous éclaire
Ne te voie en ces lieux mettre un pied téméraire.
Fuis, dis-je ; et sans retour précipitant tes pas,
De ton horrible aspect purge[1] tous mes États.
Et toi, Neptune, et toi, si jadis mon courage
D'infâmes assassins nettoya ton rivage,
Souviens-toi que pour prix de mes efforts heureux,
Tu promis d'exaucer le premier de mes vœux.
Dans les longues rigueurs d'une prison cruelle
Je n'ai point imploré ta puissance immortelle.
Avare du secours[2] que j'attends de tes soins,
Mes vœux t'ont réservé pour de plus grands besoins :
Je t'implore aujourd'hui. Venge un malheureux père.
J'abandonne ce traître à toute ta colère ;
Étouffe dans son sang ses désirs effrontés :
Thésée à tes fureurs• connaîtra[3] tes bontés.

HIPPOLYTE

D'un amour criminel Phèdre accuse Hippolyte !
Un tel excès d'horreur rend mon âme interdite[4],
Tant de coups imprévus m'accablent à la fois,
Qu'ils m'ôtent la parole et m'étouffent la voix.

THÉSÉE

Traître, tu prétendais qu'en un lâche silence
Phèdre ensevelirait ta brutale insolence.
Il fallait, en fuyant, ne pas abandonner
Le fer qui dans ses mains aide à te condamner ;
Ou plutôt il fallait, comblant[5] ta perfidie,
Lui ravir tout d'un coup[6] la parole et la vie.

HIPPOLYTE

D'un mensonge si noir justement irrité,
Je devrais faire ici parler la vérité,

1. *purge* : débarrasse (cf. v. 969 et 1046).
2. *avare du secours* : peu prodigue en soutiens.
3. *connaîtra* : reconnaîtra.
4. *âme interdite* : souffle coupé de stupeur.
5. *comblant* : mettant le comble à, achevant.
6. *tout d'un coup* : d'un même coup, en même temps.

Seigneur ; mais je supprime[1] un secret qui vous touche.
Approuvez le respect qui me ferme la bouche ;
Et sans vouloir vous-même augmenter vos ennuis•,
Examinez ma vie, et songez qui je suis.
Quelques crimes toujours précèdent les grands crimes.
Quiconque a pu franchir les bornes légitimes[2]
Peut violer enfin[3] les droits les plus sacrés ;
Ainsi que la vertu, le crime a ses degrés ;
Et jamais on n'a vu la timide innocence
Passer subitement à l'extrême licence[4].
Un jour seul ne fait point d'un mortel vertueux
Un perfide assassin, un lâche incestueux[5].
Élevé dans le sein d'une chaste héroïne,
Je n'ai point de son sang démenti l'origine.
Pitthée, estimé sage entre tous les humains,
Daigna m'instruire encore au sortir de ses mains[6].
Je ne veux point me peindre avec trop d'avantage ;
Mais si quelque vertu m'est tombée en partage,
Seigneur, je crois surtout avoir fait éclater[7]
La haine des forfaits qu'on ose m'imputer.
C'est par là qu'Hippolyte est connu dans la Grèce.
J'ai poussé la vertu jusques à la rudesse.
On sait de mes chagrins• l'inflexible rigueur.
Le jour n'est pas plus pur que le fond de mon cœur.
Et l'on veut qu'Hippolyte, épris d'un feu profane...

THÉSÉE

Oui, c'est ce même orgueil, lâche ! qui te condamne.
Je vois de tes froideurs le principe[8] odieux :
Phèdre seule charmait• tes impudiques yeux ;
Et pour tout autre objet• ton âme indifférente

1. *supprime* : tais, passe sous silence.
2. *bornes légitimes* : limites fixées par les lois.
3. *enfin* : à la fin.
4. *licence* : dérèglement moral, débauche.
5. *incestueux* : substantif et non pas adjectif.
6. *de ses mains* : des mains d'Antiope, cette « chaste héroïne ».
7. *fait éclater* : manifeste de façon éclatante et publique.
8. *principe* : raison d'être.

Dédaignait de brûler d'une flamme innocente.

HIPPOLYTE

Non, mon père, ce[1] cœur, c'est trop vous le celer•,
N'a point d'un chaste amour dédaigné de brûler.
Je confesse à vos pieds ma véritable offense :
J'aime ; j'aime, il est vrai, malgré votre défense,
Aricie à ses lois tient mes vœux• asservis ;
La fille de Pallante a vaincu votre fils.
Je l'adore, et mon âme, à vos ordres rebelle,
Ne peut ni soupirer ni brûler que pour elle.

THÉSÉE

Tu l'aimes ? ciel ! Mais non, l'artifice est grossier.
Tu te feins criminel pour te justifier.

HIPPOLYTE

Seigneur, depuis six mois je l'évite, et je l'aime :
Je venais en tremblant vous le dire à vous-même.
Hé quoi ? de votre erreur rien ne vous peut tirer ?
Par quel affreux• serment faut-il vous rassurer ?
Que la terre, le ciel, que toute la nature...

THÉSÉE

Toujours les scélérats ont recours au parjure.
Cesse, cesse, et m'épargne un importun discours,
Si ta fausse vertu n'a point d'autre secours.

HIPPOLYTE

Elle vous paraît fausse et pleine d'artifice.
Phèdre au fond de son cœur me rend plus de justice.

THÉSÉE

Ah ! que ton impudence excite mon courroux !

HIPPOLYTE

Quel temps à mon exil, quel lieu prescrivez-vous ?

THÉSÉE

Fusses-tu par delà les colonnes d'Alcide[2],
Je me croirais encor trop voisin d'un perfide.

1. *ce* : mon.
2. *colonnes d'Alcide* : le détroit de Gibraltar.

HIPPOLYTE

Chargé du crime affreux• dont vous me soupçonnez,
Quels amis me plaindront, quand vous m'abandonnez ?

THÉSÉE

Va chercher des amis dont l'estime funeste•
Honore l'adultère, applaudisse à l'inceste,
Des traîtres, des ingrats, sans honneur et sans loi,
Dignes de protéger un méchant• tel que toi.

HIPPOLYTE

Vous me parlez toujours d'inceste et d'adultère ?
Je me tais. Cependant Phèdre sort d'une mère,
Phèdre est d'un sang[1], Seigneur, vous le savez trop bien,
De toutes ces horreurs plus rempli que le mien.

THÉSÉE

Quoi ? ta rage à mes yeux perd toute retenue ?
Pour la dernière fois, ôte-toi de ma vue :
Sors, traître. N'attends pas qu'un père furieux
Te fasse avec opprobre[2] arracher de ces lieux.

## SCÈNE 3. THÉSÉE, *seul*

Misérable, tu cours à ta perte infaillible.
Neptune, par le fleuve[3] aux dieux mêmes terrible,
M'a donné sa parole, et va l'exécuter.
Un dieu vengeur te suit[4], tu ne peux l'éviter.
Je t'aimais ; et je sens que malgré ton offense
Mes entrailles[5] pour toi se troublent• par avance.
Mais à te condamner tu m'as trop engagé[6]
Jamais père en effet fut-il plus outragé ?
Justes dieux, qui voyez la douleur qui m'accable,
Ai-je pu mettre au jour un enfant si coupable ?

1. *sang* : famille.
2. *avec opprobre* : d'une manière infamante pour toi.
3. *par le fleuve* : par le Styx, fleuve des Enfers (serment irrévocable).
4. *suit* : poursuit.
5. *entrailles* : cœur.
6. *engagé* : forcé, poussé.

Questions

## *Compréhension*

- ***Les personnages***

— *Hippolyte*

*1. Hippolyte traverse trois états (v. 1041-1; 1119-1133; 1136-1152) : précisez chacune de ces réactions en citant les expressions les plus significatives.*

*2. Pourquoi n'arrive-t-il pas à convaincre son père ? Relevez ses arguments et montrez qu'ils s'adaptent mal à ce qu'est Thésée. Soyez notamment attentifs aux vers 1090-1112.*

*3. L'aveu de l'amour pour Aricie vient-il au bon moment ?*

— *Thésée*

*4. Encore sous le coup de la calomnie d'Œnone, Thésée n'a pas le temps de réfléchir et se déchaîne. Citez les vers où sa violence se manifeste le plus.*

*5. La colère de Thésée a plusieurs fondements : lesquels ? Est-ce seulement la jalousie qui provoque sa fureur ?*

*6. Perçoit-on ici des lueurs de l'amour paternel ?*

- ***Les circonstances***

*7. Malgré une impression de conflit irréductible, la scène n'est pas statique : montrez les endroits où la tension semble se relâcher un peu.*

*8. Quelle importance, pour la suite de l'action, faut-il accorder aux vers 1065-1076 et 1160 ? La scène 3 confirme le rôle de la prière à Neptune : précisez-le.*

- ***La signification***

*9. Les apparences sont trompeuses : la tragédie racinienne repose sur l'incapacité des êtres à interpréter convenablement les signes. Relevez des exemples ici.*

## *Ecriture - Mise en scène*

*10. Relevez les procédés stylistiques de dramatisation dans la tirade de Thésée (v. 1044-1076).*

*11. Comment faut-il jouer le « Tu l'aimes ? » du vers 1127 ? Est-ce un moment où la colère se calme ou, au contraire, rebondit ? Selon votre réponse, proposez un schéma que devra suivre l'acteur-Thésée pour éviter de rester dans le paroxysme du début à la fin. Par exemple, au vers 1044, faut-il hurler ou commencer par un froid persiflage ?*

*Masques, sur la scène du théâtre d'Ostie (Italie).*

## SCÈNE 4. PHÈDRE, THÉSÉE

PHÈDRE

Seigneur, je viens à vous, pleine d'un juste effroi.
Votre voix redoutable a passé[1] jusqu'à moi.
Je crains qu'un prompt effet n'ait suivi la menace.
S'il en est temps encore, épargnez votre race•,
Respectez votre sang[2], j'ose vous en prier.
Sauvez-moi de l'horreur de l'entendre crier[3],
Ne me préparez point la douleur éternelle
De l'avoir fait répandre à la main paternelle.

THÉSÉE

Non, Madame, en mon sang ma main n'a point trempé ;
Mais l'ingrat toutefois ne m'est point échappé.
Une immortelle main de sa perte est chargée.
Neptune me la doit, et vous serez vengée.

PHÈDRE

Neptune vous la doit ! Quoi ? vos vœux irrités...

THÉSÉE

Quoi ? craignez-vous déjà qu'ils ne soient écoutés ?
Joignez-vous bien plutôt à mes vœux légitimes.
Dans toute leur noirceur retracez-moi ses crimes ;
Échauffez mes transports[4] trop lents, trop retenus.
Tous ses crimes encor ne vous sont pas connus :
Sa fureur• contre vous se répand en injures :
Votre bouche, dit-il, est pleine d'impostures ;
Il soutient qu'Aricie a son cœur, a sa foi•,
Qu'il l'aime.

PHÈDRE

Quoi, Seigneur ?

---

1. *a passé* : est parvenue.
2. *votre sang* : ce qui est né de vous.
3. *crier* : image biblique : « écoute le sang de ton frère crier vers toi » (*Genèse*, IV, 10).
4. *transports* : de colère (= augmentez ma colère).

THÉSÉE

Il l'a dit devant moi.
Mais je sais rejeter un frivole[1] artifice.
Espérons de Neptune une prompte justice.
Je vais moi-même encore au pied de ses autels
Le presser d'accomplir ses serments immortels.

## SCÈNE 5. PHÈDRE, *seule*

Il sort. Quelle nouvelle a frappé mon oreille ?
Quel feu• mal étouffé dans mon cœur se réveille ?
Quel coup de foudre, ô ciel ! et quel funeste avis[2] !
Je volais toute entière au secours de son fils ;
Et m'arrachant des bras d'Œnone épouvantée,
Je cédais au remords dont j'étais tourmentée.
Qui sait même où m'allait porter ce repentir ?
Peut-être à m'accuser j'aurais pu consentir ;
Peut-être, si la voix ne m'eût été coupée,
L'affreuse vérité me serait échappée.
Hippolyte est sensible, et ne sent rien pour moi !
Aricie a son cœur ! Aricie a sa foi• !
Ah, dieux ! Lorsqu'à mes vœux, l'ingrat inexorable
S'armait d'un œil si fier, d'un front si redoutable,
Je pensais qu'à l'amour son cœur toujours fermé
Fût[3] contre tout mon sexe également armé.
Une autre cependant a fléchi son audace•,
Devant ses yeux cruels une autre a trouvé grâce.
Peut-être a-t-il un cœur facile à s'attendrir.
Je suis le seul objet• qu'il ne saurait souffrir ;
Et je me chargerais du soin de le défendre ?

1. *frivole* : inconsistant, sans valeur.
2. *funeste avis* : nouvelle qui porte un coup mortel.
3. *fût* : subjonctif de supposition (= était).

Questions

## Compréhension

- ***Les personnages et l'action***

*1. Thésée s'installe dans son rôle d'accélérateur du destin. Précisez la fonction de son personnage dans le progrès de la pièce.*

*2. Quels sentiments agitent Phèdre au début de la scène 4 ? Qu'est-ce qui la pousse à revenir affronter Thésée ? Quel vers de la scène 5 le confirme explicitement ?*

*3. La jalousie de Phèdre (scène 5) : relevez les principaux effets psychologiques de la terrible nouvelle donnée par Thésée. Quelle raison principale met Phèdre en fureur ?*

- ***La signification***

*4. On a ici un bel exemple dramatique de « péripétie » : quelle image de la créature humaine offre un revirement comme celui de Phèdre de la scène 4 à la scène 6 ?*

*5. Pourquoi cette insistance sur le père qui prie pour la mort de son fils ?*

## Ecriture

*6. Le monologue des vers 1193 à 1213 a une fonction dramatique importante, car il annonce le véritable moteur de la catastrophe. Mais c'est aussi un « air », un morceau de musique verbale qui permet à l'actrice de jouer sur le registre élégiaque et pathétique. Étudiez les variations de ton et de rythme, et les procédés d'insistance.*

## SCÈNE 6. PHÈDRE, ŒNONE

PHÈDRE

Chère Œnone, sais-tu ce que je viens d'apprendre ?

ŒNONE

Non ; mais je viens tremblante, à ne vous point mentir.
J'ai pâli du dessein qui vous a fait sortir ;
J'ai craint une fureur à vous-même fatale.

PHÈDRE

Œnone, qui l'eût cru ? j'avais une rivale.

ŒNONE

Comment ?

PHÈDRE

Hippolyte aime, et je n'en puis douter.
Ce farouche ennemi qu'on ne pouvait dompter,
Qu'offensait le respect[1], qu'importunait la plainte[2],
Ce tigre, que jamais je n'abordai sans crainte,
Soumis, apprivoisé, reconnaît un vainqueur :
Aricie a trouvé le chemin de son cœur.

ŒNONE

Aricie ?

PHÈDRE

Ah ! douleur non encore éprouvée !
À quel nouveau tourment je me suis réservée !
Tout ce que j'ai souffert, mes craintes, mes transports,
La fureur de mes feux•, l'horreur de mes remords,
Et d'un refus cruel l'insupportable injure
N'était qu'un faible essai[3] du tourment que j'endure.
Ils s'aiment ! Par quel charme• ont-ils trompé mes yeux ?
Comment se sont-ils vus ? Depuis quand ? Dans quels lieux ?
Tu le savais. Pourquoi me laissais-tu séduire• ?

1. *respect* : adoration.
2. *plainte* : lamentation de l'amour.
3. *essai* : aperçu, avant-goût.

De leur furtive[1] ardeur ne pouvais-tu m'instuire ?
Les a-t-on vus souvent se parler, se chercher ?
Dans le fond des forêts allaient-ils se cacher ?
Hélas ! ils se voyaient avec pleine licence[2].
Le ciel de leurs soupirs approuvait l'innocence ;
Ils suivaient sans remords leur penchant amoureux,
Tous les jours se levaient clairs et sereins pour eux.
Et moi, triste rebut de la nature entière,
Je me cachais au jour, je fuyais la lumière.
La mort est le seul dieu que j'osais implorer.
J'attendais le moment où j'allais expirer ;
Me nourissant de fiel[3], de larmes abreuvée,
Encor dans mon malheur de trop près observée,
Je n'osais dans mes pleurs me noyer à loisir ;
Je goûtais en tremblant ce funeste• plaisir ;
Et sous un front serein déguisant mes alarmes[4],
Il fallait bien souvent me priver de mes larmes.

ŒNONE

Quel fruit recevront-ils de leurs vaines amours ?
Ils ne se verront plus.

PHÈDRE

Ils s'aimeront toujours.
Au moment que[5] je parle, ah ! mortelle pensée !
Ils bravent la fureur d'une amante• insensée.
Malgré ce même exil qui va les écarter[6],
Ils font mille serments de ne se point quitter.
Non, je ne puis souffrir un bonheur qui m'outrage,
Œnone. Prends pitié de ma jalouse rage,
Il faut perdre[7] Aricie. Il faut de mon époux

1. *furtive* : secrète, exprimée en cachette.
2. *licence* : pleine liberté.
3. *fiel* : amertume.
4. *mes alarmes* : mon désespoir.
5. *au moment que* : au moment où.
6. *les écarter* : les séparer l'un de l'autre.
7. *perdre* : provoquer la mort.

Contre un sang odieux[1] réveiller le courroux.
Qu'il ne se borne pas à des peines légères :
Le crime de la sœur passe celui des frères[2].
Dans mes jaloux transports je le veux implorer.
Que fais-je ? Où ma raison se va-t-elle égarer ?
Moi jalouse ! et Thésée est celui que j'implore !
Mon époux est vivant, et moi je brûle encore !
Pour qui ? Quel est le cœur où prétendent mes vœux• ?
Chaque mot sur mon front fait dresser mes cheveux.
Mes crimes désormais ont comblé la mesure.
Je respire• à la fois l'inceste et l'imposture.
Mes homicides mains, promptes à me venger,
Dans le sang innocent brûlent de se plonger.
Misérable ! et je vis ? et je soutiens la vue
De ce sacré soleil dont je suis descendue ?
J'ai pour aïeul le père et le maître des dieux,
Le ciel, tout l'univers est plein de mes aïeux.
Où me cacher ? Fuyons dans la nuit infernale[3].
Mais que dis-je ? mon père y tient l'urne fatale[4],
Le sort, dit-on, l'a mise en ses sévères mains :
Minos juge aux enfers tous les pâles humains[5].
Ah ! combien frémira son ombre épouvantée,
Lorsqu'il verra sa fille à ses yeux présentée,
Contrainte d'avouer tant de forfaits divers,
Et des crimes peut-être inconnus aux enfers !
Que diras-tu, mon père, à ce spectacle horrible ?
Je crois voir de ta main tomber l'urne terrible ;
Je crois te voir, cherchant un supplice nouveau,
Toi-même de ton sang[6] devenir le bourreau.
Pardonne. Un dieu cruel[7] a perdu ta famille :

1. *odieux* : car Thésée déteste la famille des Pallantides, dont est Aricie.
2. *passe celui des frères* : dépasse celui de ses frères les Pallantides (cf. v. 53).
3. *infernale* : celle des enfers.
4. *l'urne fatale* : d'où l'on tirait le sort des morts.
5. *pâles humains* : les êtres livides, c'est-à-dire les « ombres », les morts.
6. *ton sang* : ta fille.
7. *un dieu cruel* : Vénus-Aphrodite.

Reconnais sa vengeance aux fureurs• de ta fille.
Hélas ! du crime affreux dont la honte me suit
Jamais mon triste• cœur n'a recueilli le fruit[1].
Jusqu'au dernier soupir de malheurs poursuivie,
Je rends dans les tourments une pénible vie.

ŒNONE

Hé ! repoussez, Madame, une injuste[2] terreur.
Regardez d'un autre œil une excusable erreur.
Vous aimez. On ne peut vaincre sa destinée.
Par un charme fatal[3] vous fûtes entraînée.
Est-ce donc un prodige inouï parmi nous ?
L'amour n'a-t-il encor triomphé que de vous ?
La faiblesse aux humains n'est que trop naturelle.
Mortelle, subissez le sort d'une mortelle.
Vous vous plaignez d'un joug imposé dès[4] longtemps :
Les dieux mêmes, les dieux, de l'Olympe[5] habitants,
Qui d'un bruit si terrible épouvantent les crimes,
Ont brûlé quelquefois de feux illégitimes.

PHÈDRE

Qu'entends-je ? Quels conseils ose-t-on me donner ?
Ainsi donc jusqu'au bout tu veux m'empoisonner,
Malheureuse ? Voilà comme tu m'as perdue.
Au jour que je fuyais c'est toi qui m'as rendue.
Tes prières m'ont fait oublier mon devoir.
J'évitais Hippolyte, et tu me l'as fait voir.
De quoi te chargeais-tu ? Pourquoi ta bouche impie
A-t-elle, en l'accusant, osé noircir sa vie ?
Il en mourra peut-être, et d'un père insensé
Le sacrilège vœu[6] peut-être est exaucé.
Je ne t'écoute plus. Va-t-en, monstre exécrable :
Va, laisse-moi le soin de mon sort déplorable.

---

1. *n'a recueilli le fruit* : n'en a tiré de jouissance, n'en a profité.
2. *injuste* : injustifiée.
3. *charme fatal* : envoûtement envoyé par le sort.
4. *dès* : depuis
5. *Olympe* : montagne où séjournent les dieux qui, par la notoriété terrifiante des châtiments qu'ils donnent, inspirent l'épouvante des criminels.
6. *sacrilège vœu* : vœu criminel (car fondé sur l'imposture).

Puisse le juste ciel dignement te payer !
Et puisse ton supplice à jamais effrayer
Tous ceux qui comme toi, par de lâches adresses,
Des princes malheureux nourrissent les faiblesses,
Les poussent au penchant où leur cœur est enclin,
Et leur osent du crime aplanir le chemin,
Détestables flatteurs, présent le plus funeste
Que puisse faire aux rois la colère céleste !

ŒNONE, *seule*

Ah, Dieux ! pour la servir j'ai tout fait, tout quitté ;
Et j'en reçois ce prix ? Je l'ai bien mérité.

*Sarcophage des Muses (détail - Musée du Louvre).*

BULLOZ

Questions

## Compréhension

• **Phèdre : de la jalousie à la folie**

*1. En suivant le déroulement de la scène, repérez les principales étapes des ravages de la jalousie sur Phèdre. Essayez de nommer les formes de sentiments ou de dérèglements qu'elle subit.*

*2. Le déchirement de Phèdre est surtout exprimé par une antithèse : « eux/moi ». Relevez en deux colonnes les termes de cette opposition.*

*3. A partir du vers 1253, Phèdre est saisie d'une sorte d'hallucination : précisez ses « visions » et indiquez le sens général de leur progression. Quelles sont les obsessions qui prédominent, vers la fin ?*

• **Les circonstances**

*4. Il est essentiel, pour le déroulement dramatique, d'isoler le héros principal. Comment Racine procède-t-il pour organiser cet abandon du héros à lui-même ? Quels rapports Phèdre a-t-elle désormais avec chacun des autres personnages de la pièce ?*

*5. Pourquoi Œnone n'arrive-t-elle plus à se faire entendre et pourquoi est-elle punie et chassée ? Commentez les vers 1297 et 1301.*

• **La signification**

*6. A quoi voit-on que l'on est ici dans un monde sans sauveur et sans dieu ? Soyez attentifs aux évocations de l'au-delà, notamment aux vers 1275-1290.*

*7. Tout en se sentant coupable, Phèdre continue d'accuser le monde et de projeter d'autres malheurs. Comment jugez-vous la nature de la « culpabilité » de Phèdre ? N'est-elle qu'une victime ? La question a été très débattue dès le XVII^e^ siècle.*

## Ecriture

*8. Quelques observations rapprochées :*
*— Relevez les allitérations et les assonances dans les vers 1225-1230.*

— *Dans la tirade 1252-1274, relevez des jeux d'opposition ou des systèmes d'antithèses.*
— *Étudiez les sonorités des vers 1270-1273.*
— *Comment est rendu l'anéantissement de Phèdre à la fin (v. 1291-1294) ?*

*9. Faites une étude du champ lexical de l'ombre et de la lumière dans la scène.*

*10. Citez les vers qui vous paraissent les plus mimétiques des sentiments qu'ils doivent faire entendre et essayez d'analyser pourquoi.*

## Mise en scène

*11. Cette grande scène de Phèdre est un morceau de bravoure. Les vers 1264-1269 et 1273 ont un rôle essentiel dans le jeu scénique : pourquoi ? Quels conseils donneriez-vous à l'actrice pour les vers 1193-1195; 1204-1205; 1214; 1231-1240; 1252; 1259 (entre autres) ?*

Bilan

## L'action

- ***Ce que nous savons***

*Toutes les règles de la tragédie ont été respectées : cet acte a fait monter la tension à son paroxysme : Thésée est fou de rage et supplie les dieux de faire mourir Hippolyte ; Hippolyte, bouleversé, chassé, calomnié, devient un « rebut de la terre » ; Phèdre est au bord de la folie ; Œnone est maudite et expulsée.*

- ***À quoi faut-il nous attendre ?***

*Visiblement, la machine infernale ne s'arrêtera plus. L'espoir ne luit nulle part. Quelles sont les principales menaces qui pèsent sur Hippolyte ? Sur qui Phèdre pourra-t-elle s'appuyer et que lui reste-t-il comme issue ? Quelle orientation la fin de l'acte laisse-t-elle pressentir ?*

## Les personnages

- ***Ce que nous savons***

*Aucun d'entre eux ne maîtrise plus rien. L'acte a surtout reposé sur une symétrie :*
*— la fureur de Thésée (exposé, débat, monologue : sc. 1-3) ;*
*— la folie de Phèdre (exposé, monologue, débat : sc. 4-6).*

*La commune victime de ces deux déchaînements est le plus innocent de la pièce (fils vertueux, qui se refuse même à dénoncer le crime, éperdu d'admiration pour son père, amoureux honnête, etc.) : Hippolyte. Les autres personnages sont victimes aussi, mais par ricochet (Aricie, car elle aime Hippolyte ; Œnone car elle « aide » Phèdre).*

- ***À quoi faut-il nous attendre ?***

*Thésée sera-t-il facile à éclairer et Hippolyte saura-t-il lui parler ? Pourquoi Racine a-t-il tellement souligné leur difficulté à dialoguer d'homme à homme ?*

*Quel est le seul personnage qui puisse encore intervenir, n'ayant pas été trop compromis ?*

*Une double menace pèse : la punition pour la culpabilité ; la malédiction divine appelée par Thésée. Il n'est pas difficile de déduire qui va mourir à l'acte V.*

# ACTE V

## SCÈNE 1. HIPPOLYTE, ARICIE

ARICIE

Quoi ! vous pouvez vous taire en ce péril extrême ?
Vous laissez dans l'erreur un père qui vous aime ?
Cruel, si de mes pleurs méprisant le pouvoir,
Vous consentez sans peine à ne me plus revoir,
Partez, séparez-vous de la triste* Aricie ;
Mais du moins en partant assurez[1] votre vie.
Défendez votre honneur d'un reproche honteux,
Et forcez votre père à révoquer[2] ses vœux.
Il en est temps encor. Pourquoi, par quel caprice,
Laissez-vous le champ libre à votre accusatrice ?
Éclaircissez[3] Thésée.

HIPPOLYTE

Hé ! que n'ai-je point dit ?
Ai-je dû mettre au jour[4] l'opprobre de son lit ?
Devais-je, en lui faisant un récit trop sincère,
D'une indigne rougeur couvrir le front d'un père ?
Vous seule avez percé ce mystère odieux.
Mon cœur pour s'épancher n'a que vous et les dieux.
Je n'ai pu vous cacher, jugez si je vous aime,
Tout ce que je voulais me cacher à moi-même.
Mais songez sous quel sceau[5] je vous l'ai révélé.
Oubliez, s'il se peut, que je vous ai parlé,
Madame ; et que jamais une bouche si pure
Ne s'ouvre pour conter cette horrible aventure.

---

1. *assurez* : garantissez, mettez en sûreté (cf. v. 941).
2. *révoquer* : annuler.
3. *éclaircissez* : informez clairement.
4. *ai-je dû mettre au jour* : aurais-je dû révéler.
5. *quel sceau* : du secret.

Sur[1] l'équité des dieux osons nous confier[2] :
Ils ont trop d'intérêt à me justifier ;
Et Phèdre, tôt ou tard de son crime punie,
N'en saurait éviter la juste[3] ignominie.
C'est l'unique respect que j'exige de vous.
Je permets tout le reste à mon libre courroux.
Sortez de l'esclavage où vous êtes réduite ;
Osez me suivre, osez accompagner ma fuite ;
Arrachez-vous d'un lieu funeste• et profané,
Où la vertu respire un air empoisonné ;
Profitez, pour cacher votre prompte retraite[4],
De la confusion que ma disgrâce y jette.
Je vous puis de la fuite assurer[5] les moyens.
Vous n'avez jusqu'ici de gardes que les miens ;
De puissants défenseurs prendront notre querelle[6],
Argos nous tend les bras, et Sparte[7] nous appelle :
À nos amis communs portons nos justes cris[8] ;
Ne souffrons pas que Phèdre, assemblant nos débris•,
Du trône paternel nous chasse l'un et l'autre,
Et promette à son fils ma dépouille et la vôtre.
L'occasion est belle, il la faut embrasser[9].
Quelle peur vous retient ? Vous semblez balancer[10] ?
Votre seul intérêt m'inspire cette audace.
Quand je suis tout de feu, d'où vous vient cette glace ?
Sur les pas d'un banni craignez-vous de marcher ?

ARICIE

Hélas ! qu'un tel exil, Seigneur, me serait cher !
Dans quels ravissements, à votre sort liée,

1. *sur* : à.
2. *nous confier* : donner notre confiance.
3. *juste* : qu'elle mérite.
4. *retraite* : départ.
5. *assurer* : fournir en toute sûreté.
6. *querelle* : cause, parti.
7. *Argos... Sparte* : Argos se trouve en effet entre Trézène et Sparte, capitale du Péloponnèse.
8. *À (...) cris* : faisons connaître à nos amis communs nos légitimes revendications.
9. *embrasser* : saisir (entre ses bras).
10. *balancer* : hésiter.

Du reste des mortels je vivrais oubliée !
Mais n'étant point unis[1] par un lien si doux,
Me puis-je avec honneur dérober[2] avec vous ?
Je sais que sans blesser l'honneur le plus sévère,
Je me puis affranchir[3] des mains de votre père :
Ce n'est point m'arracher du sein de mes parents ;
Et la fuite est permise à qui fuit ses tyrans.
Mais vous m'aimez, Seigneur ; et ma gloire[4] alarmée...

HIPPOLYTE

Non, non, j'ai trop de soin de votre renommée.
Un plus noble dessein m'amène devant vous :
Fuyez mes ennemis, et suivez votre époux.
Libres dans nos malheurs, puisque le ciel l'ordonne,
Le don de notre foi• ne dépend de personne.
L'hymen• n'est point toujours entouré de flambeaux[5].
Aux portes de Trézène, et parmi ces tombeaux,
Des princes de ma race antiques sépultures,
Est un temple sacré formidable• aux parjures.
C'est là que les mortels n'osent jurer en vain :
Le perfide y reçoit un châtiment soudain ;
Et craignant d'y trouver la mort inévitable,
Le mensonge n'a point de frein plus redoutable.
Là, si vous m'en croyez, d'un amour éternel
Nous irons confirmer le serment solennel ;
Nous prendrons à témoin le dieu qu'on y révère ;
Nous le prierons tous deux de nous servir de père.
Des dieux les plus sacrés j'attesterai[6] le nom.
Et la chaste Diane, et l'auguste Junon,
Et tous les dieux enfin, témoins de mes tendresses,
Garantiront la foi[7] de mes saintes promesses.

---

1. *n'étant point unis* : étant donné que nous ne sommes pas mariés.
2. *me dérober* : m'enfuir en cachette.
3. *affranchir* : délivrer.
4. *gloire* : réputation.
5. *flambeaux* : dans l'Antiquité, les noces se faisaient le soir, à la lumière de torches.
6. *attesterai* : prendrai à témoin.
7. *garantiront la foi* : rendront sûre la confiance qu'on doit avoir dans...

ARICIE

Le roi vient. Fuyez, Prince, et partez promptement.
Pour cacher mon départ, je demeure un moment.
Allez ; et laissez-moi quelque fidèle guide,
Qui conduise vers vous ma démarche timide[1].

*Frise du Parthénon (détail) - British Muséum.*

1. *démarche timide :* marche craintive, pas hésitants.

Questions

## Compréhension

• ***Les personnages***

*1. Aricie est un personnage assez différent des autres, dans* Phèdre. *Relevez les termes qui permettent de le montrer, pour définir son caractère. Voyez notamment les arguments qu'elle oppose à l'idée de fuir avec Hippolyte (v. 1376-1385).*

*2. Hippolyte semble avoir momentanément oublié la violence des événements où il est pris. Il se montre principalement sous deux aspects : un homme d'honneur et un amoureux romanesque. En suivant ses propos, citez les vers qui illustrent chacune de ces tendances.*

• ***Les circonstances***

*3. Cette scène « calme le jeu » après la furie de l'acte IV et avant le dénouement. Dites comment est exprimée cette accalmie et justifiez sa nécessité dramatique.*

• ***La signification***

*4. Les spectateurs du XVII^e^ siècle retrouvent ici des codes romanesques (honneur, bienséance des « amants », mariage religieux, fuite différée, etc.). Dans le contexte du tragique, que représentent ces comportements ? Quel type d'émotion veulent-ils créer ? Pourquoi tant insister sur l'innocence et la pudeur de cet amour ?*

*5. Hippolyte a-t-il raison de compter sur « l'équité des dieux » et sur la Providence (v. 1351-1355) ? D'après ce que nous savons, est-il prudent pour lui de vouloir s'approcher « des dieux les plus sacrés » (v. 1403) ?*

## Écriture

*6. « Quand je suis tout de feu, d'où vous vient cette glace ? » (v. 1374)*
*Expliquez le fonctionnement de ce vers et donnez-en d'autres exemples.*

## SCÈNE 2. THÉSÉE, ARICIE, ISMÈNE

THÉSÉE

Dieux, éclairez mon trouble, et daignez à mes yeux
Montrer la vérité, que je cherche en ces lieux.

ARICIE

Songe à tout, chère Ismène, et sois prête à la fuite.

## SCÈNE 3. THÉSÉE, ARICIE

THÉSÉE

Vous changez de couleur, et semblez interdite,
Madame ! Que faisait Hippolyte en ce lieu ?

ARICIE

Seigneur, il me disait un éternel adieu.

THÉSÉE

Vos yeux ont su dompter ce rebelle courage•,
Et ses premiers soupirs sont votre heureux ouvrage.

ARICIE

Seigneur, je ne vous puis nier la vérité :
De votre injuste haine il n'a pas hérité ;
Il ne me traitait point comme une criminelle.

THÉSÉE

J'entends[1] : il vous jurait une amour éternelle.
Ne vous assurez point[2] sur ce cœur inconstant ;
Car à d'autres que vous il en jurait autant.

ARICIE

Lui, Seigneur ?

THÉSÉE

Vous deviez[3] le rendre moins volage :
Comment souffriez-vous cet horrible partage ?

1. *j'entends* : je comprends (notez qu'amour pouvait être féminin au XVIIe s).
2. *ne vous assurez point sur* : ne faites pas confiance à.
3. *vous deviez* : vous auriez dû.

ARICIE

Et comment souffrez-vous que d'horribles discours
D'une si belle vie osent noircir le cours ?
Avez-vous de son cœur si peu de connaissance ?
Discernez-vous si mal le crime et l'innocence ?
Faut-il qu'à vos yeux seuls un nuage odieux
Dérobe sa vertu qui brille à tous les yeux ?
Ah ! c'est trop le livrer à des langues perfides.
Cessez : repentez-vous de vos vœux homicides ;
Craignez, Seigneur, craignez que le ciel rigoureux
Ne vous haïsse assez pour exaucer vos vœux.
Souvent dans sa colère il reçoit[1] nos victimes ;
Ses présents sont souvent la peine[2] de nos crimes.

THÉSÉE

Non, vous voulez en vain couvrir[3] son attentat• :
Votre amour vous aveugle en faveur de l'ingrat.
Mais j'en crois des témoins certains, irréprochables :
J'ai vu, j'ai vu couler des larmes véritables.

ARICIE

Prenez garde, Seigneur. Vos invincibles mains
Ont de monstres sans nombre affranchi[4] les humains ;
Mais tout n'est pas détruit, et vous en laissez vivre
Un... Votre fils, Seigneur, me défend de poursuivre.
Instruite du respect qu'il veut vous conserver,
Je l'affligerais trop si j'osais achever,
J'imite sa pudeur, et fuis votre présence
Pour n'être pas forcée à rompre le silence.

## SCÈNE 4. THÉSÉE, *seul*

Quelle est donc sa pensée ? et que cache un discours
Commencé tant de fois, interrompu toujours ?

1. *il reçoit* : il entend, il agrée.
2. *la peine* : le châtiment.
3. *couvrir* : défendre, excuser.
4. *affranchi* : libéré.

Veulent-ils m'éblouir[1] par une feinte vaine ?
Sont-ils d'accord tous deux pour me mettre à la gêne• ?
Mais moi-même, malgré ma sévère rigueur,
Quelle plaintive voix crie au fond de mon cœur ?
Une pitié secrète et m'afflige et m'étonne•.
Une seconde fois interrogeons Œnone.
Je veux de tout le crime être mieux éclairci[2].
Gardes, qu'Œnone sorte, et vienne seule ici.

## SCÈNE 5. THÉSÉE, PANOPE

PANOPE

J'ignore le projet que la reine médite,
Seigneur, mais je crains tout du transport qui l'agite.
Un mortel désespoir sur son visage est peint ;
La pâleur de la mort est déjà sur son teint.
Déjà, de sa présence avec honte chassée,
Dans la profonde mer Œnone s'est lancée.
On ne sait point d'où part ce dessein furieux[3] ;
Et les flots pour jamais l'ont ravie à nos yeux.

THÉSÉE

Qu'entends-je ?

PANOPE

Son trépas n'a point calmé la reine :
Le trouble semble croître en son âme incertaine.
Quelquefois, pour flatter[4] ses secrètes douleurs,
Elle prend ses enfants et les baigne de pleurs ;
Et soudain, renonçant à l'amour maternelle[5],
Sa main avec horreur les repousse loin d'elle.
Elle porte au hasard ses pas irrésolus ;
Son œil tout égaré ne nous reconnaît plus.

---

1. *éblouir* : leurrer.
2. *éclairci* : éclairé.
3. *dessein furieux* : décision folle.
4. *flatter* : apaiser, calmer.
5. *amour maternelle* : cf. v. 1422.

Elle a trois fois écrit ; et changeant de pensée,
Trois fois elle a rompu[1] sa lettre commencée.
Daignez la voir, Seigneur ; daignez la secourir.

THÉSÉE

Ô ciel ! Œnone est morte, et Phèdre veut mourir ?
Qu'on rappelle mon fils, qu'il vienne se défendre !
Qu'il vienne me parler, je suis prêt[2] de l'entendre.
Ne précipite point tes funestes• bienfaits,
Neptune ; j'aime mieux n'être exaucé jamais.
J'ai peut-être trop cru des témoins peu fidèles[3],
Et j'ai trop tôt vers toi levé mes mains cruelles.
Ah ! de quel désespoir mes vœux seraient suivis !

---

1. *rompu* : déchiré
2. *prêt de* : prêt à.
3. *fidèles* : sûrs.

Questions

## Compréhension

• **Les personnages**

*1. Aricie prend enfin un peu de force : dites les nouveaux aspects de son caractère que nous découvrons ici.*

*2. Inversement, Thésée commence à perdre le contrôle de la situation : citez les vers où cette déstabilisation est perceptible. De même, définissez le ton de ses premières répliques (scène 3), pour les comparer à celui des scènes 4 et 5.*

• **Les circonstances**

*3. Le face-à-face entre Thésée et Aricie est le seul qui manquait à la pièce, jusqu'ici. Pourquoi Racine l'a-t-il tant repoussé ? Arrive-t-il trop tard ? Quelle est l'utilité dramatique de cette confrontation ?*

*4. La scène 5 entame la catastrophe finale. Quel est l'intérêt dramatique du suicide d'Œnone ? Voyez l'effet que cette annonce produit sur Thésée.*

• **La signification**

*5. On dit que le tragique est caractérisé par la « marche des heures » (Alain), c'est-à-dire par l'avancée inexorable du temps : en observant le personnage de Thésée, montrez cet aspect du tragique. Définissez la situation de Thésée dans les vers 1480-1487.*

## Ecriture

*6. Définissez et justifiez le passage du vers 1445 au vers 1446.*

*7. Commentez la formule d'Aricie au vers 1421 : « Il ne me traitait point comme une criminelle ». Comment nommer ce tour ? Donner d'autres exemples dans la pièce.*

## Mise en scène

*8. Comment dirigeriez-vous les acteurs, dans la scène 3, pour figurer les rapports de force (et leur évolution) entre Thésée et Aricie ?*

## SCÈNE 6. THÉSÉE, THÉRAMÈNE

THÉSÉE

Théramène, est-ce toi ? Qu'as-tu fait de mon fils ?
Je te l'ai confié dès l'âge le plus tendre.
Mais d'où naissent les pleurs que je te vois répandre ?
Que fait mon fils ?

THÉRAMÈNE

Ô soins tardifs et superflus !
Inutile tendresse ! Hippolyte n'est plus.

THÉSÉE

Dieux !

THÉRAMÈNE

J'ai vu des mortels périr le plus aimable,
Et j'ose dire encor, Seigneur, le moins coupable.

THÉSÉE

Mon fils n'est plus ? Hé quoi ? quand je lui tends les bras,
Les dieux impatients ont hâté son trépas ?
Quel coup me l'a ravi ? quelle foudre soudaine ?

THÉRAMÈNE

À peine nous sortions des portes de Trézène,
Il était sur son char ; ses gardes affligés
Imitaient son silence, autour de lui rangés ;
Il suivait tout pensif le chemin de Mycènes ;
Sa main sur ses chevaux laissait flotter les rênes.
Ses superbes coursiers[1], qu'on voyait autrefois
Pleins d'une ardeur si noble obéir à sa voix,
L'œil morne maintenant et la tête baissée,
Semblaient se conformer à sa triste pensée.
Un effroyable cri, sorti du fond des flots,
Des airs en ce moment a troublé le repos ;
Et du sein de la terre une voix formidable•
Répond en gémissant à ce cri redoutable.
Jusqu'au fond de nos cœurs notre sang s'est glacé ;
Des coursiers attentifs le crin s'est hérissé.

1. *ses superbes coursiers* : ses fiers chevaux.

Cependant[1] sur le dos de la plaine liquide
S'élève à gros bouillons[2] une montagne humide ;
L'onde approche, se brise, et vomit à nos yeux,
Parmi des flots d'écume, un monstre furieux.
Son front large est armé de cornes menaçantes ;
Tout son corps est couvert d'écailles jaunissantes ;
Indomptable taureau, dragon impétueux,
Sa croupe se recourbe en replis tortueux.
Ses longs mugissements font trembler le rivage.
Le ciel avec horreur voit ce monstre sauvage ;
La terre s'en émeut[3], l'air en est infecté ;
Le flot, qui l'apporta, recule épouvanté.
Tout fuit ; et sans s'armer d'un courage inutile,
Dans le temple voisin chacun cherche un asile.
Hippolyte lui seul, digne fils d'un héros[4],
Arrête ses coursiers, saisit ses javelots,
Pousse au[5] monstre, et d'un dard lancé d'une main sûre,
Il lui fait dans le flanc une large blessure.
De rage et de douleur le monstre bondissant
Vient aux pieds des chevaux tomber en mugissant,
Se roule, et leur présente une gueule enflammée
Qui les couvre de feu, de sang et de fumée.
La frayeur les emporte ; et sourds à cette fois[6],
Ils ne connaissent plus ni le frein ni la voix.
En efforts impuissants leur maître se consume,
Ils rougissent le mors d'une sanglante écume.
On dit qu'on a vu même, en ce désordre affreux,
Un dieu[7] qui d'aiguillons pressait leur flanc poudreux.
À travers des rochers la peur les précipite ;
L'essieu crie et se rompt. L'intrépide Hippolyte
Voit voler en éclats tout son char fracassé ;

1. *cependant* : pendant ce temps.
2. *à gros bouillons* : en faisant de grands tourbillons.
3. *s'en émeut* : se met à trembler.
4. *d'un héros* : de Thésée.
5. *pousse au* : s'élance vers, marche droit sur.
6. *à cette fois* : cette fois.
7. *un dieu* : Neptune, que Thésée avait prié de le venger de son fils.

Dans les rênes lui-même il tombe embarrassé[1].
Excusez ma douleur. Cette image cruelle
Sera pour moi de pleurs une source éternelle.
J'ai vu, Seigneur, j'ai vu votre malheureux fils
Traîné par les chevaux que sa main a nourris.
Il veut les rappeler, et sa voix les effraie ;
Ils courent. Tout son corps n'est bientôt qu'une plaie.
De nos cris douloureux la plaine retentit.
Leur fougue impétueuse enfin se ralentit :
Ils s'arrêtent, non loin de ces tombeaux antiques
Où des rois ses aïeux sont les froides reliques[2].
J'y cours en soupirant, et sa garde me suit.
De son généreux• sang la trace nous conduit :
Les rochers en sont teints ; les ronces dégouttantes
Portent de ses cheveux les dépouilles sanglantes.
J'arrive, je l'appelle ; et me tendant la main,
Il ouvre un œil mourant, qu'il referme soudain.
« Le ciel, dit-il, m'arrache une innocente vie.
Prends soin après ma mort de la triste• Aricie.
Cher ami, si mon père un jour désabusé[3]
Plaint le malheur d'un fils faussement accusé,
Pour apaiser mon sang et mon ombre plaintive,
Dis-lui qu'avec douceur il traite sa captive ;
Qu'il lui rende... » À ce mot, ce héros expiré[4]
N'a laissé dans mes bras qu'un corps défiguré,
Triste objet, où des dieux triomphe la colère,
Et que méconnaîtrait[5] l'œil même de son père.

THÉSÉE

Ô mon fils ! cher espoir que je me suis ravi• !
Inexorables dieux, qui m'avez trop servi !
À quels mortels regrets ma vie est réservée !

1. *embarrassé* : empêtré.
2. *froides reliques* : les ossements.
3. *désabusé* : détrompé.
4. *expiré* : ayant rendu le dernier soupir.
5. *méconnaîtrait* : ne reconnaîtrait pas.

THÉRAMÈNE

La timide Aricie est alors arrivée.
Elle venait, Seigneur, fuyant votre courroux,
À la face des dieux l'accepter pour époux.
Elle approche : elle voit l'herbe rouge et fumante ;
Elle voit (quel objet pour les yeux d'une amante• !)
Hippolyte étendu, sans forme et sans couleur.
Elle veut quelque temps douter de son malheur ;
Et ne connaissant plus[1] ce héros qu'elle adore,
Elle voit Hippolyte et le demande encore.
Mais trop sûre à la fin qu'il est devant ses yeux,
Par un triste regard elle accuse les dieux ;
Et froide, gémissante, et presque inanimée,
Aux pieds de son amant elle tombe pâmée.
Ismène est auprès d'elle ; Ismène, toute en pleurs,
La rappelle à la vie, ou plutôt aux douleurs.
Et moi, je suis venu, détestant la lumière[2],
Vous dire d'un héros la volonté dernière,
Et m'acquitter, Seigneur, du malheureux emploi
Dont son cœur expirant s'est reposé sur moi.
Mais j'aperçois venir sa mortelle ennemie.

1. *ne connaissant plus* : ne reconnaissant plus.
2. *détestant la lumière* : maudissant la vie.

Questions

## *Compréhension*

***Le récit de Théramène***

*1. Pourquoi la mort d'Hippolyte fait-elle l'objet de ce récit, au lieu d'être (même partiellement) représentée sur scène ? Quelles nécessités l'imposaient ? Pour votre réponse, vous devez tenir compte des règles du théâtre classique (bienséance, etc.) mais aussi de l'intérêt poétique d'un tel récit.*

*2. Donnez le plan de ce récit et soulignez comment Racine a évité la monotonie. Quel type de progression perçoit-on ? Relevez des « crescendos » et des moments d'accalmie.*

*3. L'expression joue sur plusieurs registres également : pathétique (insistance sur le malheur) ; dramatique (insistance sur l'action) ; épique (insistance sur l'héroïsme et la grandeur) ; baroque (insistance sur le merveilleux et le sensationnel). Donnez des exemples de chaque.*

*4. Justifiez le recours au style direct dans la narration (v. 1561-1567).*

*5. Faites le relevé du lexique du corps à la fin. Pourquoi cette complaisance au spectacle de l'horreur ? De quel « goût » ce réalisme relève-t-il ? Quel effet veut-on produire sur le spectateur ?*

*6. Au moment où la pièce va finir, ce récit est aussi une oraison funèbre à la gloire du héros. Citez quelques vers qui montrent cette apologie implicite.*

## SCÈNE 7. Thésée, Phèdre, Théramène, Panope, Gardes

THÉSÉE

Hé bien ! vous triomphez, et mon fils est sans vie.
Ah ! que j'ai lieu de craindre ! et qu'un cruel soupçon,
L'excusant dans mon cœur, m'alarme avec raison !
Mais, Madame, il est mort, prenez votre victime :
Jouissez de sa perte, injuste ou légitime.
Je consens que mes yeux soient toujours abusés.
Je le crois criminel, puisque vous l'accusez.
Son trépas à mes pleurs offre assez de matières,
Sans que j'aille chercher d'odieuses lumières,
Qui ne pouvant le rendre à ma juste douleur,
Peut-être ne feraient qu'accroître mon malheur.
Laissez-moi, loin de vous et loin de ce rivage,
De mon fils déchiré fuir la sanglante image.
Confus, persécuté[1] d'un mortel souvenir,
De l'univers entier je voudrais me bannir.
Tout semble s'élever contre mon injustice.
L'éclat de mon nom même augmente mon supplice.
Moins connu des mortels, je me cacherais mieux.
Je hais jusques au soin dont m'honorent les dieux ;
Et je m'en vais pleurer leurs faveurs meurtrières
Sans plus les fatiguer d'inutiles prières.
Quoi qu'ils fissent pour moi, leur funeste• bonté
Ne me saurait payer de[2] ce qu'ils m'ont ôté.

PHÈDRE

Non, Thésée, il faut rompre un injuste silence :
Il faut à votre fils rendre son innocence.
Il n'était point coupable.

THÉSÉE

Ah ! père infortuné !
Et c'est sur votre foi• que je l'ai condamné !
Cruelle, pensez-vous être assez excusée...

---

1. *persécuté de* : poursuivi par.
2. *me payer de* : compenser la perte de.

PHÈDRE

Les moments me sont chers[1], écoutez-moi, Thésée.
C'est moi qui sur ce fils chaste et respectueux
Osai jeter un œil profane•, incestueux.
Le ciel mit dans mon sein une flamme funeste• ;
La détestable• Œnone a conduit tout le reste.
Elle a craint qu'Hippolyte, instruit de ma fureur•,
Ne découvrît[2] un feu• qui lui faisait horreur.
La perfide, abusant de ma faiblesse extrême,
S'est hâtée à vos yeux de l'accuser lui-même.
Elle s'en est punie, et fuyant mon courroux,
A cherché dans les flots un supplice trop doux.
Le fer aurait déjà tranché ma destinée ;
Mais je laissais gémir la vertu soupçonnée.
J'ai voulu, devant vous exposant[3] mes remords,
Par un chemin plus lent descendre chez les morts.
J'ai pris, j'ai fait couler dans mes brûlantes veines
Un poison que Médée apporta dans Athènes.
Déjà jusqu'à mon cœur le venin parvenu
Dans ce cœur[4] expirant jette un froid inconnu ;
Déjà je ne vois plus qu'à travers un nuage
Et le ciel et l'époux que ma présence outrage ;
Et la mort, à mes yeux dérobant la clarté,
Rend au jour, qu'ils souillaient, toute sa pureté.

PANOPE

Elle expire, Seigneur !

THÉSÉE

D'une action si noire
Que ne peut avec elle expirer la mémoire !
Allons, de mon erreur, hélas ! trop éclaircis[5],
Mêler nos pleurs au sang de mon malheureux fils.
Allons de ce cher fils embrasser ce qui reste,

1. *chers* : précieux car ils sont comptés.
2. *ne découvrît* : ne fît connaître à tous.
3. *exposant* : dévoilant.
4. *ce cœur* : mon cœur.
5. *éclaircis* : éclairés, informés.

Expier la fureur d'un vœu que je déteste.
Rendons-lui les honneurs qu'il a trop mérités ;
Et pour mieux apaiser ses mânes[1] irrités,
Que malgré les complots d'une injuste famille[2]
Son amante• aujourd'hui me tienne lieu de fille.

*Montée des gradins du théâtre d'Épidaure (Grèce).*

1. *mânes* : esprits des morts.
2. *injuste famille* : les Pallantides (famille d'Aricie).

Questions

## Compréhension

**• Les personnages**

*1. Thésée est partagé entre le désir de savoir la vérité et la peur de l'affronter : montrez comment se formulent ces deux aspects contradictoires dans ses propos.*

*2. Phèdre se confesse, mais dit-elle toute la vérité ? Sa récapitulation des événements est-elle conforme à ce que nous savons ?*

*3. Comment Phèdre justifie-t-elle son suicide ? Que pensez-vous du dernier mot qu'elle prononce (v. 1644) ?*

**• Le dénouement**

*4. À côté de la scène précédente, cette dernière scène paraît un peu rapide. Que pensez-vous, par exemple, du commentaire final fait par Thésée (v. 1645-1654) ? Et pourquoi est-ce à lui qu'il revient ?*

*5. Essayez de définir la qualité dramatique de ce final.*

**• La signification**

*6. Pourquoi Racine a-t-il voulu que Phèdre vienne dire sa mort, qu'elle parle en se mourant ? N'oubliez pas que ce n'est pas l'usage, selon les codes classiques.*

*7. D'après l'exemple de Phèdre, le héros tragique est-il coupable ou innocent ? bourreau ou victime ?*

*8. La pièce aurait fort bien pu s'arrêter au vers 1645. Quelle impression, quelle tonalité, au moment où le rideau tombe, nous laissent les derniers mots de Thésée ?*

## Ecriture

*9. On a souvent parlé, ici, du « lamento » de Phèdre. Essayez de définir sur quoi repose la beauté de cette lamentation funèbre, de ce chant d'agonie.*

*Bilan*

## L'action

• *Selon les théories classiques, le dénouement de la tragédie doit être nécessaire (ni hasard, ni événements inutiles), complet (tout doit être résolu), rapide (l'action s'accélère).*
*L'acte V vous paraît-il répondre à ces exigences ?*

• *De même, la catastrophe finale doit être liée à une double causalité : responsabilité des hommes, fatalité des dieux.*
*Montrez que l'acte V fait bien intervenir les passions humaines et l'intervention divine.*

• *La tragédie s'achève sur la victoire de la mort.*
*Définissez les trois types de mort qui apparaissent dans l'acte V.*

## Les personnages

*Chacun a été jusqu'au bout de son destin, en conformité avec sa typisation :*
*— Phèdre, partagée entre passion et remords ;*
*— Hippolyte, obsédé par l'image idéalisée de son père ;*
*— Thésée, héroïque et brutal, aveugle ;*
*— Aricie, pudique, soumise, un peu « hors jeu ».*

*Montrez que les dernières scènes utilisent ces types à l'extrême, tout en les soumettant à la logique tragique.*

| DATES | ÉVÉNEMENTS HISTORIQUES | ÉVÉNEMENTS CULTURELS |
|---|---|---|
| 1624 | Richelieu ministre. | |
| 1625 | | Fondation de Port-Royal. |
| 1636 | | *Le Cid* de Corneille. |
| 1637 | | Descartes : *Discours sur la méthode.* |
| 1638 | Naissance de Louis XIV. | |
| 1642 | | Corneille : *Cinna.* |
| 1643 | Mort de Louis XIII. Régence d'Anne d'Autriche ; ministère Mazarin. | Corneille : *Polyeucte.* |
| 1648 | La Fronde (jusqu'en 1652). | Mort du peintre Le Nain. |
| 1650 | | Mort de Descartes. |
| 1653 | | Condamnation du Jansénisme. |
| 1656 | | Pascal : *Les Provinciales.* |
| 1659 | | Molière : *Les Précieuses ridicules.* |
| 1660 | Mariage de Louis XIV. | Début des *Satires de Boileau.* |
| 1661 | Début du règne personnel ; Colbert ministre. | Début des travaux de Versailles. |
| 1662 | | Mort de Pascal. Molière : *L'École des femmes.* |
| 1664 | Disgrâce de Fouquet. | Molière : *Le Tartuffe.* |
| 1665 | | Molière : *Dom Juan.* |
| 1666 | | Molière : *Le Misanthrope.* |
| 1668 | Paix d'Aix la Chapelle. | La Fontaine : *Fables.* |
| 1670 | | Mort de Molière. |
| 1672 | Guerre de Hollande. | |
| 1673 | | Construction des Invalides. |
| 1675 | Campagne de Turenne en Alsace. Sa mort. | |
| 1678 | | Mme de la Fayette : *La Princesse de Clèves.* |
| 1679 | Affaire des poisons. | |
| 1680 | La Voisin brûlée. | |
| 1684 | Mariage secret de Louis XIV avec Mme de Maintenon. | Mort de Corneille. Galerie des glaces à Versailles. |
| 1685 | Révocation de l'Édit de Nantes ; persécutions des protestants. | |
| 1687 | | Querelle des Anciens et des Modernes (→ 1694). |
| 1688 | Guerre de la Ligue d'Augsbourg. | La Bruyère : *Les Caractères.* |
| 1693 | Famine en France (→ 1697). | |
| 1695 | | Mort de La Fontaine. |
| 1697 | | Bayle : *Dictionnaire.* |
| 1699 | | Fénelon : *Télémaque,* Perrault : *Fables.* |
| 1715 | Mort de Louis XIV | |

| VIE ET ŒUVRE DE RACINE | DATES |
|---|---|
| Naissance à la Ferté-Milon. | 1639 |
| Mort de sa mère. | 1641 |
| Mort de son père ; adopté par sa grand-mère Marie Desmoulins. | 1643 |
| Education à Port-Royal ; premiers écrits. | 1649 |
| A Uzès, près de son oncle vicaire général. | 1661 |
| Retour à Paris, renonciation à la vie religieuse. | 1662 |
| Mort de sa grand-mère, rupture avec Port-Royal. | 1663 |
| *La Thébaïde*, jouée par la troupe de Molière. | 1664 |
| *Alexandre*, premier succès ; liaison avec la Du Parc. | 1665 |
| *Andromaque*, grand triomphe ; Racine est bien en Cour. | 1667 |
| La Du Parc meurt empoisonnée ; *Les Plaideurs*. | 1668 |
| *Britannicus*. | 1669 |
| *Bérénice* ; protégé de Colbert ; pensionné par le Roi. | 1670 |
| *Bajazet*. | 1672 |
| Elu à l'Académie française. | 1673 |
| *Iphigénie*, autre triomphe ; amitié avec Boileau ; liaison avec la Champmeslé. | 1674 |
| *Phèdre* ; cabale : Racine renonce au théâtre ; historiographe du roi ; riche mariage (il aura sept enfants). | 1677 |
| Accusé d'avoir empoisonné la Du Parc ; le scandale est étouffé. | 1679 |
| *Idylle sur la paix* ; renoue avec Port-Royal. | 1684 |
| *Esther*. | 1689 |
| *Athalie* ; gentilhomme ordinaire de la chambre du roi. | 1691 |
| *Histoire de Port-Royal*. | 1693 |
| *Cantiques spirituels*. | 1698 |
| Mort et enterrement à Port-Royal. | 1699 |

## L'APOGÉE DU CLASSICISME

Pour l'essentiel, l'œuvre de Racine est écrite entre 1665 et 1680, c'est-à-dire dans la période où s'affirme la monarchie absolue de Louis XIV. À partir de 1661, le roi gouverne par lui-même et installe la concentration des pouvoirs. Très soucieux de sa gloire, voulant se démarquer du baroque qui domine dans toute l'Europe, le roi favorise un art plus équilibré où triomphe la norme. C'est ce que l'on nommera, à partir du XIX$^{e}$ siècle, le classicisme. Louis XIV fait construire Versailles et s'entoure de créateurs : des architectes (Mansart, Le Vau) ; des paysagistes (Le Nôtre), des peintres (Lebrun, Poussin), des musiciens (Lulli, Charpentier, Couperin), des sculpteurs (Girardon, Coysevox), etc. Mais c'est surtout la littérature qui fleurit, avec la génération de Molière, Boileau, Racine.

## UNE DÉPENDANCE CERTAINE

Le revers de cette protection royale est la dépendance des créateurs par rapport au pouvoir. Rares sont les auteurs qui ont une fortune personnelle. Au contraire, la plupart des écrivains compte faire carrière grâce à l'écriture. L'exemple de Racine est caractéristique. Orphelin tout jeune, inconnu d'abord promis à une modeste charge ecclésiastique, il se lance consciemment à la conquête de Paris, quitte à trahir ses anciens maîtres ou amis, n'hésitant devant rien pour réussir. Remarqué par le roi, qui l'admire, Racine arrivera, à 38 ans (l'année de *Phèdre*, 1677) à la charge d'historiographe du roi. Il écrit donc sur le règne de Louis XIV, le flatte, et vit dans son entourage intime. Le même schéma de carrière est suivi par Boileau. On peut même retracer les progrès de la carrière de Racine par les pensions annuelles que lui verse le roi :

1665 : 800 livres
1667 : 1200 livres
1669 : 1500 livres
1677 : 2000 livres.

À titre indicatif, un « compagnon » (artisan spécialisé) reçoit entre 12 et 20 livres par mois, deux arpents (environ un hectare) de terre cultivable valent dans les 200 livres.

D'autres auteurs « appartiennent » à des mécènes : tel La Bruyère qui « est à » Condé (ainsi disait-on) ou La Fontaine (à ses débuts) à Fouquet.

## L'INFLUENCE DES ÉLITES

Un des débats les plus constants, dans les lettres du XVII<sup>e</sup> siècle, tourne autour du bon goût et des règles. À qui faut-il plaire ? Au « parterre » (le public qui paie les places les moins chères, souvent debout) ou aux élites nobles et fortunées ? Les préfaces de Racine ne cessent d'évoquer ces questions – comme le fait Molière avec la *Critique de l'École des femmes*. L'idée simple qui prédomine est celle-ci : une pièce est réussie lorsqu'elle sait « plaire et toucher », quels que soient les moyens. Mais, en réalité, l'influence des élites reste forte. Elle a au moins trois effets :
– le beau langage, hérité de la préciosité, subtil et émouvant ;
– les codes romanesques (les jeunes amants séparés, le désir de fuite, etc.) ;
– le fond culturel utilisé (mythologie, histoire antique, religion biblique, etc.).

## UNE CODIFICATION FORTE

La tragédie, genre « noble », repose sur un système de codes assez précis. Pendant cinq actes en vers, un personnel de princes et de rois fait son malheur et l'exprime en une série de discours réglés. « Ce n'est pas à moi de changer les règles du théâtre », dit Racine (préface d'*Andromaque*). La plupart des querelles qui entouraient les « premières » tournaient autour des règles : l'auteur les avait-il bien respectées ? Mais ces différends entre « doctes » restaient superficiels. Le public, au fond, s'en moquait. Il s'agissait simplement de ne pas trop heurter son horizon d'attente, ses habitudes. Par exemple, Racine conserve le principe des **trois unités** :
**unité d'action** : un seul fil principal, avec des épisodes secondaires qui y sont subordonnés ;
**unité de temps** : l'action se concentre en 24 heures, pour que l'on vive la crise elle-même ;
**unité de lieu** : un décor unique, les événements violents ayant lieu hors de la scène (voyages, combats, morts) et faisant l'objet de récits.

## EN ARRIÈRE-PLAN : MORALE, RELIGION

Il n'est pas décent, en principe, de mêler l'actualité et le théâtre. Et d'ailleurs, Racine n'invente pas les histoires qu'il met en scène : il les reprend à la tradition. Il n'empêche que la critique moderne insiste beaucoup sur les relations entre la tragédie racinienne et les débats moraux ou religieux de l'époque. Par exemple, on remarque des différences entre Corneille et Racine (cf. p. 6) : l'honneur et la grandeur héroïque de l'univers cornélien ont cédé la place au pessimisme. Le héros racinien est sombre et écrasé, traversé de passions inavouables. Sur scène, on ne cesse de menacer, diffamer, humilier, jalouser, mettre à mort. Mais, dans le même temps, on essaie de sauver les apparences : le conflit est verbal, sournois. Il n'est pas difficile de traduire en termes sociologiques une telle vision des rapports humains et d'y voir un reflet de la société mondaine ou de la Cour, au XVIIe siècle... De même, sur le plan des idées religieuses, la tragédie racinienne présente des dieux cruels et impitoyables, s'acharnant contre la créature pour d'obscures raisons, sans qu'elle puisse rien pour son salut. La tentation est forte de rattacher ce thème à la pensée janséniste (cf. p. 167) dans laquelle Racine a été élevé et à laquelle il reviendra à la fin de sa vie. Ainsi faut-il rapprocher Racine de Pascal et des moralistes « noirs » comme La Bruyère et La Rochefoucauld.

## QUERELLES ET CABALES

Toutes les indications ci-dessus montrent les implications socio-politiques des carrières littéraires. Il n'est donc pas étonnant que la littérature (et surtout le théâtre, qui touche le public collectivement) soit le lieu d'affrontements d'intérêts. Sous des prétextes d'esthétique ou de goût, on cherche à promouvoir ou à abattre tel auteur, pour atteindre ainsi son protecteur, ou pour contester le milieu d'idées qu'il reflète. La Querelle des Anciens et des Modernes, à la fin du siècle, le démontre parfaitement. Au moment de *Phèdre,* Racine touche au sommet de sa gloire. Ses ennemis profitent de l'occasion pour encourager un auteur rival, Jacques Pradon, à écrire une pièce sur le même sujet, *Phèdre et*

*Caricature intellectuelle sur Racine (Bibliothèque nationale).*

*Hippolyte.* Cette cabale est animée par Thomas Corneille, par les ennemis de Mme de Montespan (favorite du roi et protectrice de Racine), par des familiers déçus (dont la famille de la Du Parc, dont on disait qu'elle avait été empoisonnée par Racine), par des poètes jaloux (dont Donneau de Visé, un mondain raté). Certains comptent nuire au roi en attaquant son poète préféré : la famille Mazarin, la duchesse de Bouillon, le duc de Nevers. On voit que la qualité littéraire de la pièce ne compte guère ! Le clan hostile à Racine loue les loges du théâtre pour que la salle reste vide, et distribue des billets gratuits pour aller voir la pièce de Pradon. La querelle s'envenime avec la diffusion de deux sonnets, où le duc de Nevers est attaqué sous le pseudonyme de Damon :

*Dans un fauteuil doré, Phèdre, tremblante et blême*
*Dit des vers où d'abord personne n'entend rien.*
*La nourrice lui fait un sermon fort chrétien*
*Contre l'affreux dessein d'attenter à soi-même.*

*Hippolyte la hait presque autant qu'elle l'aime.*
*Rien ne change son air, ni son chaste maintien.*
*La nourrice l'accuse ; elle s'en punit bien.*
*Thésée a pour son fils une rigueur extrême.*

*Une grosse Aricie au cuir noir, aux crins blonds,*
*N'est là que pour montrer deux énormes tétons*
*Que, malgré sa froideur, Hippolyte idolâtre.*

*Il meurt enfin, traîné par des coursiers ingrats,*
*Et Phèdre, après avoir pris de la mort-aux-rats,*
*Vient en se confessant mourir sur le théâtre.*

Sonnet attribué au duc de Nevers, 1677.

*Dans un palais doré, Damon, jaloux et blême,*
*Fait des vers où jamais personne n'entend rien.*
*Il n'est ni courtisan, ni guerrier, ni chrétien,*
*Et souvent, pour rimer, il s'enferme lui-même.*

*La Muse, par malheur, le hait autant qu'il l'aime ;*
*Il a d'un franc poète et l'air et le maintien.*
*Il veut juger de tout et n'en juge pas bien ;*
*Il a pour le Phébus une tendresse extrême.*

*Une sœur vagabonde, aux crins plus noirs que blonds,*
*Va par tout l'univers promener deux tétons,*
*Dont, malgré son pays, Damon est idolâtre.*

*Il se tue à rimer pour des lecteurs ingrats.*
*L'Énéide, à son goût, est de la mort-aux-rats,*
*Et, selon lui, Pradon est le roi du théâtre.*

Réponse au sonnet du duc de Nevers, 1677.

L'intervention du Grand Condé, protecteur de Racine, et l'appui du roi mettront peu à peu un terme à cette affaire, bien typique des mœurs « littéraires » du XVII^e^ siècle.

## L'HEURE DE GLOIRE

Roi de 1661 à 1715, Louis XIV atteint, vers 1675-1680, à l'apogée de son règne prestigieux. Gouvernant par lui-même, avec l'aide de grands commis, comme Colbert, il a non seulement organisé l'État mais aussi rassemblé autour de lui une cour servile. Outre sa famille et ses serviteurs, le roi ne connaît que ceux qui l'entourent. C'est lui qui dispense les grâces et les honneurs. Sa cour est une société très hiérarchisée réglée par une étiquette, véritable rituel et cérémonial du culte monarchique. La vie d'un courtisan est obsédée par le « lever », les « couverts » (repas), les fêtes, le « coucher ». Cette conception orgueilleuse et somptueuse de la « gloire » royale crée un climat particulier, où tout dépend d'un seul. La destinée d'un seigneur est liée à un regard ou un mot du roi. Comme Thésée, Louis XIV est un héros guerrier et galant dont la seule présence influe sur tout.

Cf. dans *Phèdre* : destin ; fatalité ; parole ; politique ; regard.

## LE DROIT DIVIN

Louis XIV a beaucoup fait pour rappeler le caractère divin de sa monarchie absolue. Chef d'une famille choisie par Dieu lui-même pour régner, « sacré » à Reims, il attend de ses sujets une obéissance semblable à celle qu'ils doivent à Dieu même. Ce cérémonial de la Cour dit que le roi est « loi vivante », « fontaine de justice », incarnation de la Nation. La confusion entre le politique et le sacré explique sans doute pourquoi le spectacle tragique plaisait tant à la Cour. On retrouvait, dans l'univers des tragédies, ce sentiment de lien mystérieux entre l'absolutisme et la volonté des dieux. Alors que chez Corneille, ce sont nos actes, notre noblesse qui nous permettent de construire notre destin, chez Racine c'est d'en-haut que peut venir le salut.

Cf. dans *Phèdre* : destin ; dieu(x) ; lumière/nuit ; solitude.

## LE DIEU CACHÉ

Non seulement, tout dépend du roi, personne sacrée, mais encore lui seul peut, à sa discrétion, distinguer les favoris. Il ne sert à rien de chercher à lui plaire ou de lutter pour s'imposer. D'un signe, sans qu'il ait à la justifier, Louis XIV peut précipiter la chute d'un « Grand » (Fouquet) ou transformer un obscur en prince. La vieille noblesse féodale (pensons aux mémoires du duc de Saint-Simon) s'en plaint.

Mais le roi s'en explique ainsi :

> *Je crus qu'il n'était pas de mon intérêt de choisir des hommes d'une qualité plus éminente, parce qu'ayant besoin sur toute chose d'établir ma propre réputation, il était important que le public connût, par le rang de ceux dont je me servais, que je n'étais pas en dessein de partager avec eux mon autorité, et qu'eux-mêmes, sachant ce qu'ils étaient, ne connussent pas de plus hautes espérances que celles que je leur voudrais donner.*

Il ne s'agit plus seulement d'orgueil ou de droit divin. Comme dans la tragédie, les hommes ne peuvent rien pour leur propre bonheur. Ils en sont réduits à conjecturer ou à attendre. Dieu est caché, silencieux, obscur. Cette situation rejoint, sur le plan métaphysique, la pensée janséniste (cf. p. 169).

Cf. dans *Phèdre* : culpabilité ; destin ; labyrinthe ; lumière/nuit ; mort ; silence.

## POUR UN ART DE CONTRAINTE

Louis XIV a été un grand mécène et il a agi sur le goût de son temps. L'idéal classique, qui est à son sommet dans les années 1670, est de peindre l'homme universel, donc de bannir l'exceptionnel, le bizarre, l'impulsif. La nature sauvage est domestiquée en « jardins à la française », tout comme l'écriture se soumet à des règles. Ce « bon goût », fait d'unité, de rigueur, de discipline ne constitue pas seulement une théorie esthétique. Il inspire aussi un style de vie et de morale. La tragédie répond doublement à ces préoccupations. D'une part, elle respecte les règles d'un genre très codifié. D'autre part – et surtout – elle montre les inconvénients de la démesure. Le personnage tragique est outré, déviant, anarchique. Sa mort rétablit l'ordre du monde, son équilibre, sa « pureté ». Racine a très bien perçu (il le dit dans ses préfaces) le rôle moralisateur de la fin d'une tragédie.

Cf. dans *Phèdre* : culpabilité ; démesure ; monstre.

# L'ORIGINALITÉ DE RACINE

Contrairement à la comédie, qui n'a guère de règles et peut dégénérer, la tragédie repose sur un système dramatique précis que Racine n'invente pas (voir plus loin : « Structure de *Phèdre* »). Le tragique suit un déroulement préétabli : une exposition, l'action qui se noue et se révèle inextricable, une ou deux péripéties qui changent la face des choses (en les compliquant), une « catastrophe » (l'événement funeste et décisif qui dénoue et conclut). Mais, à l'intérieur de ce schéma, l'auteur utilise les **catégories esthétiques** définies par Aristote (384-322 av. J.-C.).

## Les catégories esthétiques

•

– Le dramatique : le personnage se débat, lutte pour modifier l'issue de la pièce, se croit libre d'agir – et le spectateur adhère passagèrement à cette illusion (en grec, « drama » signifie action). Cf. I, 4-5 ; II, 2-3 ; III, 3 ; IV, 4 ; V, 1.
– Le pathétique : le personnage est écrasé par le malheur ou le destin, il se plaint de sa souffrance, pleure et gémit – et le spectateur est saisi de pitié ou de sympathie (en grec « pathos » signifie douleur). Cf. I, 3 ; III, 2 ; IV, 1 ; IV, 5-6 ; V, 4.
– L'épique : le personnage évoque la grandeur exaltante d'actions héroïques ; il est lié à des événements historiques ou mythologiques, et le spectateur admire ces hauts faits, constate que les héros sont humiliés, rêve de dépassement avec eux (l'épique est le propre de l'« épopée », comme l'*Iliade*). Cf. I, 1 ; I, 4 ; II, 2 ; III, 5 ; V, 6.
– Le tragique proprement dit : l'obstacle est le plus fort, le personnage ne peut rien sur l'action qui progresse et l'écrase – et le spectateur en est à la fois terrifié et fasciné. Cf. II, 5 ; III, 6 ; IV, 6 ; V, 7.

## L'art du contraste

•

Racine joue sur la combinaison de ces catégories et exploite surtout un **art du contraste** : la « terreur » et la « pitié » (selon le vœu d'Aristote) alternent sur scène. L'amour-passion déclenche des sentiments aussi extrêmes que contraires ; l'action hésite entre espoirs et angoisse ; la parole passe brusquement de la lamentation à l'imprécation furieuse ; le cœur est partagé entre mélancolie et besoin d'asservir, etc. « Égaré », désordonné, saisi par un « trouble assez cruel » qui l'« agite » et le « dévore », le personnage racinien vit jusqu'au bout un état de division, de disjonction. Cf. I, 3-4 ; II, 5 ; III, 3 ; III, 6 ; IV, 6 ; V, 3.

# L'AMOUR ET LE CONFLIT

L'amour domine tous les autres mouvements, dans la tragédie. Alors que chez Corneille, le personnage pouvait subir l'influence de la famille, de la patrie, de l'honneur, chez Racine tout se ramène à une seule force : aimer. Mais cet amour est très particulier. Il est **égoïste** : il vise la possession de l'objet à n'importe quel prix (calomnier, faire du chantage, maintenir en esclavage, etc.). Il est **ravageur** : plutôt la mort ou le meurtre de n'importe qui, si c'est utile. Il est même **ennemi de lui-même** : il semble honteux, conscient de son excès, cherchant à tout noyer dans le désastre général. La nouveauté de Racine réside dans sa façon de concevoir l'amour comme un instinct incapable de retrouver un sens des valeurs, comme une impulsion brute. Cette vision pessimiste influence la pensée des moralistes contemporains de Racine :

> *Il n'y a point de passion où l'amour de soi-même règne si puissamment que dans l'amour (272).*
> *Si l'on juge de l'amour par la plupart de ses effets, il ressemble plus à la haine qu'à l'amitié (72).*
> *La plus juste comparaison que l'on puisse faire de l'amour, c'est celle de la fièvre : nous n'avons non plus de pouvoir sur l'un que sur l'autre, soit pour la violence, soit pour la durée (638).*
> *L'on veut faire tout le bonheur, ou si cela ne se peut ainsi, tout le malheur de ce qu'on aime (39).*
>
> La Rochefoucauld, *Maximes*, 1664.

La tragédie exige donc que l'amour soit impossible. En butant contre l'obstacle, la passion bouillonne et tempête. Exacerbée par la **jalousie**, son principal moteur, elle devient furieuse, tyrannique, injuste, prête aux pires horreurs. Car l'amour n'est pas partagé ou, s'il l'est, c'est en dépit d'une interdiction ou d'une incompatibilité radicale. Certains critiques (voir p. 168) en concluent que l'amour chez Racine est **« œdipien »**, qu'il s'attache exclusivement à une personne qui ne peut lui appartenir sans crime ou sans inceste. Voilà pourquoi il se manifeste surtout dans l'affrontement du père et du fils (Thésée et Hippolyte). En tout cas, ce qui est sûr, c'est que la base des pièces de Racine est en effet le conflit de deux hommes à propos d'une femme : A aime B, B aime C : A et C vont s'affronter :

– Thésée est l'époux de Phèdre qui aime Hippolyte ; Thésée provoquera la mort d'Hippolyte ;

– Phèdre aime Hippolyte qui aime Aricie ; Phèdre désire la mort d'Aricie.

Voir ce que les personnages disent eux-mêmes de leur amour : Hippolyte (I,1 ; II,2) ; Aricie (II,1 ; V, 1-3) et surtout Phèdre (I,3 et II,5).

*Ci-dessus, illustration de Girodet pour l'acte II, scène 5 (début XIX^e^ siècle).*
*Ci-contre, illustration de Gravelot représentant la même scène (XVIII^e^ siècle).*

# UNE ŒUVRE CONFORME AUX EXIGENCES CLASSIQUES

| Codes de la tragédie classique | Phèdre |
|---|---|
| Un sujet historique ou mythologique avec des personnages royaux. | La légende de Phèdre ; Thésée, roi d'Athènes et son fils ; Aricie, princesse de sang royal. |
| L'action repose sur la marche inexorable d'une fatalité, voulue par des dieux ou excitée imprudemment par des hommes. | Phèdre, victime de Vénus.<br>Hippolyte, victime de Neptune à la demande de Thésée, trompé. |
| Cinq actes.<br>Unités et vraisemblance.<br>Quelques péripéties. | Cinq actes.<br>Une action simple, un seul décor, 12 heures. Aveu, retour de Thésée, rôle d'Œnone, jalousie de Phèdre pour Aricie. |
| Provoquer la « catharsis » voulue par Aristote : effet purificateur d'un spectacle émouvant, effrayant, extrême. | Forte émotion : terreur et pitié amour-passion ; espoir ; angoisse ; lamentation/imprécation ; mort. |
| Une structure en progression et en symétrie. | Acte I : exposition ; acte II : aveux (Phèdre>Hippolyte>Aricie) ; acte III : retour de Thésée ; que faire ? acte IV : jalousie de Phèdre ; acte V : dénouement ; double mort. |

# L'HOMME PIÉGÉ

La tragédie insiste sur le **piège** où la créature est enfermée. Généralement, le héros principal (Phèdre) subit une fatalité (un amour coupable envoyé par Vénus) ou se trouve dans un égarement qui va le pousser à l'erreur (croire que Thésée est mort ; suivre les conseils d'Œnone ; refuser de dénoncer Phèdre ; avouer un amour pour Aricie à Thésée qui le redira à Phèdre ; prier les dieux de punir un fils, etc.).

Mais cette chaîne des pièges est d'autant plus complexe que chaque personnage est pris dans diverses **interactions**. Par exemple, dans *Phèdre*, il y a trois niveaux d'intrigues qui se recoupent :

– une intrigue événementielle : la mort supposée de Thésée et son retour ;
– une intrigue politique : la succession de Thésée au trône, possible pour Hippolyte, son fils, pour Phèdre, son épouse, pour Aricie, survivante de la famille des Pallantides qui régna sur Athènes ;
– une intrigue sentimentale : plusieurs amours contrariées (Thésée aime Phèdre qui aime Hippolyte qui aime Aricie / Aricie est condamnée au célibat par Thésée qui la déteste ; Hippolyte hait Phèdre ; Phèdre n'aime plus Thésée et le croit mort).

Ces divers niveaux dépendent les uns des autres : si Thésée est mort, Hippolyte peut épouser Aricie et n'a pas grand chose à craindre de Phèdre. S'il est vivant, tout devient terrible. Ainsi, logiquement, c'est le retour de Thésée qui constitue le nœud véritable du drame, son centre (il est annoncé au v. 827, dans une pièce qui en compte 1654).

Autour de cet événement central (le retour de Thésée), la pièce se divise selon une symétrie :

| | |
|---|---|
| I, 3 : Phèdre dit à Œnone son amour pour Hippolyte ; | IV, 1 : Œnone accuse Hippolyte ; |
| II, 1 : Hippolyte et Aricie s'avouent leur amour ; | IV, 2 : Hippolyte se défend face à son père en avouant son amour pour Aricie ; |
| II, 5 : Phèdre avoue directement à Hippolyte sa passion ; | IV, 4-6 : Phèdre devient folle de jalousie. |

Le dernier acte achève ce jeu des correspondances : mort d'Hippolyte ; mort de Phèdre

Ces symétries se manifestent donc dans le **parallélisme** des grandes scènes :

– Aveu d'Hippolyte à Théramène (I, 1) : 142 v.
– Aveu de Phèdre à Œnone (I, 3) : 164 v.

– Déclaration d'Hippolyte à Aricie (II, 2) : 98 v.
– Déclaration de Phèdre à Hippolyte (II, 5) : 137 v.

– Conflit d'Hippolyte et de Thésée (IV, 3) : 122 v.
– Conflit de Phèdre avec elle-même (IV, 6) : 115 v.

– Monologue angoissé de Phèdre (IV, 5) : 20 v.
– Monologue angoissé de Thésée (V, 4) : 18 v.

Même les personnages secondaires n'échappent pas à ce jeu de similitudes :

Théramène empêche Hippolyte de partir et lui fait dire son amour pour Aricie.

Œnone empêche Phèdre de mourir et lui fait dire son amour pour Hippolyte.

# DES RAPPORTS DE FORCE

Le théâtre n'a pas pour but de créer des personnages dont on analyserait la psychologie, séparément. Certes, avec Racine, on peut se livrer à une étude clinique de la passion ou de la jalousie, par exemple. Mais, plus profondément, ces sentiments sont des **fonctions** : la passion veut posséder autrui, quitte à le détruire (ou tu m'aimes ou je te tue) ; la jalousie veut punir ou éliminer autrui.

Notez la répartition fondée sur des symétries et des contrastes :
– l'amoureuse « furieuse » (Phèdre) / l'amoureuse tendre et lucide (Aricie) ;
– le confident calme et honnête (Théramène) / la confidente passionnée, exclusive, nocive (Œnone) ;
– le jeune homme idéaliste (Hippolyte) / le héros vieillissant et aveuglé (Thésée) ;
– le couple harmonieux (Hippolyte/Aricie) / les couples brisés (Thésée disparu/Phèdre ; Hippolyte/Phèdre).

La scène nous montre donc des affrontements entre des forces contraires : les héros sont des « actants », des forces agissantes, interdépendantes. Par exemple :

Phèdre
- a de l'amour pour Hippolyte ;
- a de la jalousie pour Aricie ;
- a du remords par rapport à Thésée.

Ces fonctions interactives peuvent, dans *Phèdre*, se schématiser :

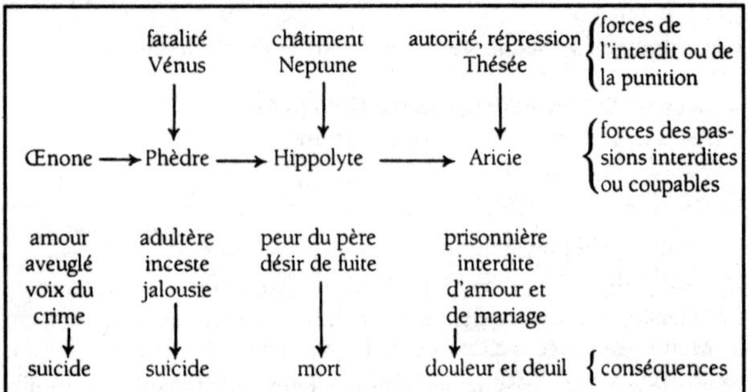


De même, Thésée est au cœur de l'action :

Thésée
- est l'époux de Phèdre ;
- est le père d'Hippolyte ;
- est le maître absolu d'Aricie.

Enfin, dans toute tragédie de Racine, on a un trio : un roi, deux amoureux (lesquels ont chacun un confident) :

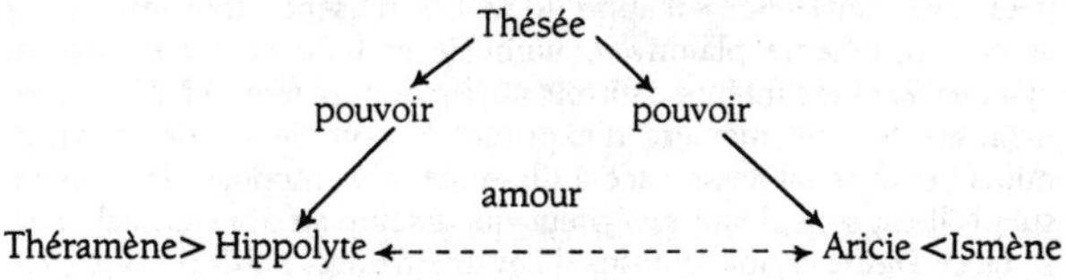


# LE PLAN DE L'ACTION

| EXPOSITION | NŒUD | PERIPETIE | DENOUEMENT |
|---|---|---|---|
| Thésée, père et époux interdit deux passions amoureuses (celle d'Hippolyte, celle de Phèdre). | Pseudo-mort de Thésée ; aveu des passions. | Retour de Thésée. Qui périra ? Hippolyte ? Phèdre ? | Ils meurent tous les deux. Thésée adopte Aricie : retour à l'ordre. |

# LES PERSONNAGES DANS PHÈDRE

### Des personnages complexes

•

Les fonctions, indiquées dans les pages précédentes, ne fournissent qu'un éclairage schématique des personnages. Certes, on a, a priori, une impression de **typisation** : Thésée, brutal et aveugle ; Hippolyte, bon jeune homme et amoureux pudique ; Aricie, tendre et soumise ; Phèdre, maudite et excitée, etc. Mais, en réalité, cette typisation est consécutive au genre tragique qui demande une extrême densité et une démesure. Dès lors que les personnages, tous excessifs, entrent en conflit, leur comportement devient complexe. Conscients d'être pris dans des situations extrêmes, s'efforçant d'y résister ou d'y entraîner les autres, les personnages tragiques sont rarement univoques et sont capables de calculs et de nuances. Phèdre est un exemple de cette **caractérisation** : d'un côté, elle a une conscience claire de sa culpabilité, elle n'aspire qu'à la pureté et à la lumière, elle a une nostalgie de l'innocence ; de l'autre, elle est monstrueuse, calomniatrice, jalouse, criminelle. Et il suffit de peu de chose, pour que l'on passe d'une face à l'autre du personnage : un soupçon (Hippolyte aime Aricie), une peur (que dira Thésée s'il apprend tout ?) suffisent à transformer une amoureuse dolente, plaintive et humiliée, en furie ou en comploteuse cynique. Racine s'intéresse surtout au personnage féminin. Cette **féminisation** est une manière d'exprimer la complexité de la nature humaine, et sa faiblesse, face à l'homme, plus monocorde et moins subtil. Il est sans doute révélateur que Racine ait appelé finalement sa pièce *Phèdre* et non, comme il l'avait envisagé, *Phèdre et Hippolyte.*

### Thésée

•

Thésée est un homme d'âge mûr, déjà écrasé par sa légende (cf. le glossaire des noms propres, p. 184). Son fils éprouve, face à lui, un complexe d'infériorité et ne cesse de rêver d'aventures pour se faire un nom comparable. Quand il est absent (début de la pièce), Thésée est sans cesse évoqué : on le cherche (Hippolyte), on évoque ses exploits et son allure (Phèdre), on le craint (Aricie). C'est donc une sorte de demi-dieu, de monarque sacralisé, dont la mort supposée a déstabilisé l'ordre du monde. Mais, finalement, Thésée est plus grand mort que vivant. Sa présence se concentre dans la seconde partie de la pièce, au cours de laquelle on va le voir se tromper, décliner, et même provoquer la mort de son fils, par une imprudente prière à Neptune. Bel exemple du héros tragique « bi-face », Thésée est victime de l'ignorance des vrais rapports entre les êtres. Son ancien héroïsme est devenu un sot emportement qui le pousse à condamner sans savoir. Sa force d'autrefois (énergie, protection de Neptune, autorité politique) se retourne contre lui. Son dernier geste consiste à adopter la dernière survivante (Aricie) d'une famille qu'il a passé sa vie à éliminer. Aussi en a-t-il conscience : « Je ne sais où je vais, je ne sais où je suis » (v. 1004). Son aveuglement réussira au moins à l'humaniser un peu, mais trop tard.

### Hippolyte

•

Il n'a ni la complexité ni la puissance brisée de son père. Dans l'ingrat emploi de jeune premier, il semble d'abord pur et inquiet. Racine a beaucoup modifié le modèle qu'il emprunte à Euripide : dans le mythe grec, Hippolyte est un athlète sauvage qui a fait vœu de chasteté. Racine lui donne une couleur plus sentimentale et Hippolyte résiste à l'amour pour Aricie uniquement par crainte de désobéir à son père. Ainsi, il partage avec Phèdre de vivre l'amour comme une faute. Tiraillé entre une admiration pour son père (v. 65-82) et sa hantise de transgresser son interdit, il est « bloqué ». Son silence, son incapacité à parler d'homme à homme avec Thésée, son malaise en présence de la deuxième femme de son père sont autant de signes de son « complexe » face à la figure forte et peu conciliante du héros paternel. C'est ce complexe qui rend vraisemblable son refus de parler, de se disculper, de s'expliquer. Il meurt pour être resté silencieux – lui qui, pourtant, trouve les mots galants et tendres pour faire sa déclaration à Aricie (v. 524-560). C'est bien la preuve que seule la relation père/fils est la source du malheur d'Hippolyte.

**Phèdre**

•

Présente dans 12 scènes sur 30, Phèdre est pourtant omniprésente tout au long de l'action. C'est une femme jeune (ce qu'on oublie

*Les plus grandes tragédiennes ont interprété Phèdre. Ci-dessous Rachel (1821-1858). Pages suivantes, à gauche, Maria Casarès (née en 1922), et à droite, Sarah Bernhardt (1844-1923).*

souvent), guère plus âgée qu'Hippolyte. Son amour pour son beau-fils est un inceste au regard des convenances sociales et non d'un point de vue génétique. Aussi bien cet amour est-il d'abord désir, attirance physique, comme si Phèdre revivait ce qu'elle avait ressenti, toute jeune femme, en voyant Thésée (v. 634-662). Comme personnage principal, elle assume la totalité de la souffrance tragique et ne connaît aucun répit. Là encore, le personnage est ambivalent : il désire et il vit ce désir comme une faute. Phèdre, subissant la fatalité vengeresse des dieux, lutte à armes inégales : elle a beau s'éloigner d'Hippolyte, les circonstances l'obligent à le revoir. Dès lors, elle plonge. Elle fait à Hippolyte une déclaration incontrôlée, car elle subit les ravages d'une

*Phèdre (Françoise Thuries) et Œnone (Corinne Devaux-Daumas) au Nouveau Théâtre Mouffetard, mise en scène de Françoise Seigner (1989).*

passion obsessionnelle. Tous ses propos semblent liés à son épuisement physique, à son affolement : Œnone parle pour elle. D'où le remords de Phèdre, mi-coupable, mi-victime. D'où aussi sa lucidité dans l'introspection, dans l'analyse de soi, poussée jusqu'à la complaisance masochiste. La clairvoyance morale de Phèdre se complique d'hallucinations, de mauvaise foi, de pulsions contradictoires. Racine offre donc une étude clinique de la passion. Mais il n'invente pas son sujet. Il utilise à plein (comme le fera à sa manière Freud) les données de la mythologie. Car le mythe nous parle du plus profond de nous. Ce mélange d'humanité et de sauvagerie est signe de l'hérédité (v. 680) de la « fille de Minos et de Pasiphaé ». Phèdre est habitée par des puissances magiques qui la dépassent (la fatalité, « Vénus toute entière à sa proie attachée », l'atavisme). Son rêve de « pureté » (son dernier mot) est donc rêve de mort : son suicide est délivrance.

### Œnone

•

Œnone est une figure simple. Elle incarne des valeurs de compromissions. À l'intérieur du schéma tragique, ces tentatives d'arrangements tournent forcément à la catastrophe : en flattant sa maîtresse, elle se rend « détestable » (v. 1325) et accélère le malheur. Son attachement excessif, son affection charnelle pour Phèdre lui suffisent comme motivation. Du coup, elle hait Hippolyte et n'hésite pas à la dénoncer cyniquement. Elle ne fait le mal que par dévouement. Elle est dans le registre « trivial » (Barthes), c'est-à-dire qu'elle permet à Racine de conserver quelque bienséance en lui faisant faire la sale besogne qui serait peut-être étonnante chez une reine. Il reste que l'enfer est pavé de bonnes intentions, et que les flatteurs excitent la forfaiture des puissants.

### Aricie

•

Moins aristocratique que « bourgeoise », Aricie veut bien être enlevée par Hippolyte, à condition qu'il l'épouse. Les déclarations réciproques d'Hippolyte et d'Aricie sont dans le ton héroïco-galant des pastorales et du romanesque. Mais, à côté de cette sensibilité convenue, elle a quelque fierté. Sa famille (exterminée par Thésée) lui a laissé une sorte de force intérieure, comme elle le montre dans sa rébellion contre Thésée (V, 3).

### Théramène

•

Confident loyal, sans épaisseur, il est voué sutout au récit final, le plus célèbre du théâtre racinien.

## L'HORREUR ATTÉNUÉE

La tragédie racinienne laisse s'épancher des passions extrêmes. Mais il aurait été insupportable pour les bienséances (et pour le confort du spectateur) qu'elles s'expriment directement et sans retenue. Le style de Racine est donc une **métamorphose** de l'abomination en parole touchante, émue, délicate. Racine recherche une écriture nette, claire, lisse, où alternent l'élégie (la mélodie des cœurs blessés) et la poésie pure (harmonie des sons, richesse des images, rythmes, etc.). La langue de la tragédie est donc une **euphémisation**. On y a recours à des périphrases, des allusions, des métaphores qui servent d'artifices cachant les pulsions. Un critique, Léo Spitzer, dans ses *Études de style* (1970), parle d'« effet de sourdine ».

## LA LANGUE CLASSIQUE

Racine, évidemment, utilise le langage mondain et « galant » de son temps. Par exemple, on retrouve dans *Phèdre* la richesse du vocabulaire psychologique et intellectuel, avec les mots qui expriment des sentiments, des dispositions morales, des points de vue abstraits. On notera également que bien des mots ont encore leur sens fort, qui s'est affaibli depuis : la « gêne », c'est la « géhenne », le supplice des enfers et la torture ; le « charme », c'est le pouvoir magique, le sortilège, l'incantation ; l'« ardeur », c'est le feu, la fièvre qui brûle le corps et le consume de désir ; la « fureur », c'est la folie violente de déchaînée ; etc. *Phèdre* fait la somme des figures stylistiques exprimant l'amour au XVII^e siècle. L'amour est combat ; Phèdre parle de son « ennemi » Hippolyte, qui, lui, évoque le « joug amoureux ». L'amour est maladie ou blessure (v. 269, 283, 304). L'amour est dévotion (v. 286-288, 293, etc.). On reprend donc ici les tournures et la terminologie de l'époque.

## LA PAROLE EST ACTION

Le privilège accordé à la parole conditionne l'existence même de la tragédie. On n'imagine pas que la scène nous montre des passages à l'acte, consécutifs à la violence des sentiments mis en jeu. Non seulement la bienséance l'interdit mais le spectacle dégénèrerait en grand guignol. Les choses se passent dans la coulisse : c'est là qu'on assassine ou que le merveilleux intervient. Autrement dit, la tragédie est « un échec qui se parle » (Barthes) et les mots sont tout le moyen du drame. L'action et la crise se réduisent à des paroles échangées, même si l'on va souvent au-delà de l'avouable (« tu m'as trop entendue/Je t'en ai dit assez pour te tirer d'erreur », v. 671-672). Le personnage racinien peut tuer avec des mots (la calomnie d'Œnone) ou être écrasé par eux (la jalousie de Phèdre). Même le silence est action, car qui ne dit mot consent (le mutisme d'Hippolyte). On manipule donc autrui par des sous-entendus (Aricie face à Thésée) et, de temps à autre, on explose : la parole se défoule et elle décharge ce qui oppresse (l'aveu). Elle contribue donc à la « purgation » (la catharsis, cf. p. 7) : on se soulage en disant tout (la dernière scène de Phèdre). La confession perce l'abcès.

## LA « DISTANCE » TRAGIQUE

La tragédie met en jeu des personnages hors du commun (rois, princes, héros mythologiques) et le langage contribue à illustrer leur statut social. Il crée un « decorum ». Par exemple, on utilise le mot noble (« coursiers » pour « chevaux », « poudre » pour « poussière ») ; on a recours au pluriel poétique (« vos fureurs », « mes alarmes », « vos courroux ») ; on personnifie les abstraits (« une fierté qui craint d'être importune ») ; on place l'adjectif avant le nom (« amoureuses lois ») et on choisit un adjectif d'appréciation morale, à côté des sentiments forts (« juste terreur », « juste fureur ») ; on allie des mots qui devraient s'opposer [oxymore] pour styliser l'expression affective (« tranquille fureur », « funeste plaisir »), etc. Cette grandeur a son revers car la convention littéraire n'empêche nullement la cruauté des êtres. Ainsi le spectateur a-t-il une impression de décalage entre l'esthétique du langage et la nature des hommes. L'ironie tragique et le pessimisme y trouvent un aliment : on a beau parler comme un héros ou un roi, on n'en reste pas moins un pauvre homme égaré et misérable.

## UN POÈME D'IMAGES

« Poème baroque » pour Malraux, *Phèdre* est à la fois musique des vers (v. 36) et foisonnement d'images. On peut repérer au moins trois grands réseaux d'images :

– le climat merveilleux : la pièce est parcourue d'allusions à la légende et à la mythologie, avec ses noms propres et son surnaturel ; pensons, par exemple, à l'histoire de Thésée (le Minotaure, le labyrinthe, la Crète, les enfers) ou à la généalogie de Phèdre ; les personnages sont identifiés par des périphrases mythologiques (« fille de Minos et de Pasiphaé », « successeur d'Alcide », etc.) ; la terre et la mer semblent animées de demi-dieux et de monstres prêts à intervenir ; les héros sont mi-dieux mi-hommes[1] ;

1. Voir v. 10-14, 36, 77-82, 85, 89, 122, 204, 360, 383-386, 425, 470, 478, 623-626, 649, 1124, 1404, 1638 (entre autres).

– l'ombre et la lumière : une vision de l'existence, partagée entre les ténèbres et la clarté, se dessine dans *Phèdre* (voyez l'index thématique) ; la nuit (enfers, labyrinthe, réclusion) s'oppose sans cesse à l'éclat du soleil (la mer, la scène elle-même : v. 172, l'ascendance solaire de Phèdre, la pureté perdue), car Phèdre est partagée entre son désir de mort ou de pénombre (« flamme si noire », v. 310) et sa nostalgie de clarté ou de bonheur ;
– le rêve : deux types de rêves se manifestent dans *Phèdre* ; d'un côté, on trouve quelques plages lumineuses, sorte de détente et de douceur tendre (Hippolyte et Aricie, II, 2), où s'épanche un besoin de fuir pour atteindre un improbable ailleurs paradisiaque (v. 176-178) ; de l'autre côté, le rêve peut devenir fantasme et hallucination : l'arrière-plan mythologique s'y prête (Minos, les enfers, le labyrinthe) et la folie de Phèdre permet quelques accès de violence (par ex. IV, 6).

*Rapt d'une femme, vase grec du IVe siècle avant J.-C.*

*La mort d'Hippolyte (Bibliothèque nationale).*

## INTERPRÉTER

Comme on le sait, les metteurs en scène modernes considèrent (à juste titre) que toute pièce n'est pas « donnée » définitivement. Le théâtre est fait pour être sans cesse « interprété ». Comme les mythes antiques, le thème théâtral parle au plus profond de l'homme et doit être perpétuellement relu. D'autre part, le théâtre est originellement spectacle, vision : la scène doit visualiser les forces agissantes et leurs rapports conflictuels. Comme notre culture change, nos images évoluent. *Phèdre* se prête à des lectures différentes, selon l'accent que l'on voudra souligner. On peut y voir une pièce religieuse, **janséniste**, où la créature se débat en vain contre un dieu cruel et vengeur (Gaston Baty, 1939). On peut au contraire insister sur l'aspect **sociologique** : c'est la Cour, avec sa cruauté enfouie dans l'atmosphère policée mais étouffante de l'entourage de Louis XIV (J. Meyer, 1958, et A. Vitez, 1975). On peut gommer tout référentiel anecdotique pour mettre à nu un conflit **psychologique**, où la passion crue se déchaîne (J. Vilar, 1958, et Sylvia Monfort, 1979). Autour de ces diverses interprétations, la critique s'agite. Par exemple, la mise en scène de Jean Vilar au T.N.P., en 1957, suscita une sorte de polémique, surtout à cause du jeu outré et vibrant de Maria Casarès. De même, l'excès de décor louis-quatorzien dans la version de Jean Meyer à la Comédie-Française (1958) parut étouffer la force primitive du sujet, enfoui dans la richesse des costumes versaillais.

## LE RÔLE-TITRE

C'est l'un des plus écrasants du répertoire. Quand on pense à telle ou telle version de *Phèdre,* on l'associe d'abord à une actrice. C'est Marie Champmeslé (1642-1698) qui créa le rôle, comme elle l'avait fait pour Bérénice ou Iphigénie. Racine, qui l'aimait, voulait qu'elle fût tendre et pitoyable, insistant sur la diction mélodique : « pathétique sans emphase », « visage... plus juvénile et moins violent » (Niderst). Par la suite, on a l'impression d'une tendance inverse : les actrices extériorisent l'émotion et cherchent un effet naturaliste. Sarah Bernhardt (1844-1923), Marie Bell ou Maria Casarès jouaient sur la véhémence et le cri. On est alors loin de la Champmeslé, à qui Racine indiquait les inflexions des vers, pour que sa déclamation soit un « récitatif » (au sens musical) ou une aria ! On voit donc que c'est le **texte** qui est en jeu. Le succès de Rachel (1820-1858), admirée par Th. Gautier (1843), ou celui de Sarah Bernhardt (qui joua le rôle toute sa vie) se fondent avant tout sur une **diction**, sur une **voix**. Diderot, au XVIIIe siècle, loue de même le « chant sublime » de la Clairon ou d'Adrienne Lecouvreur.

*Sarah Bernhardt dans le rôle de Phèdre en 1874 à la Comédie-Française.*

# RETOUR AU CÉRÉMONIAL

Pour diverses raisons (entre autres économiques), la tragédie retrouve souvent, sur les scènes modernes, une certaine sobriété. Jeu sur le noir et le blanc, décor minimal, quelques drapés pour costumes : on cherche à restituer la sévérité d'un cérémonial, d'un rite sacré. Pendant la Seconde Guerre mondiale, les circonstances s'y prêtant, Gaston Baty (1939), puis Jean-Louis Barrault (1942) présentent une mise en scène glacée où l'acteur semble abandonné dans un univers nu d'ombre et de lumière. Voici la scène imaginée par J.-L. Barrault :

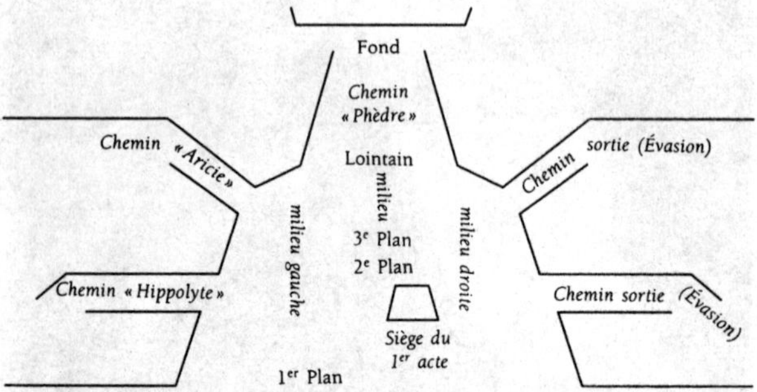


Cette antichambre devenait ainsi une sorte de portique, trouée de lumière où chacun vient se révéler : Phèdre y avoue, Hippolyte veut la fuir, Thésée la cherche et vient s'y brûler. Le traitement de l'éclairage illustrait ainsi le sens profond de la pièce (cf. p. 180).

# LE LIEU TRAGIQUE

Selon Roland Barthes (*Sur Racine*, 1963), la mise en place du lieu tragique est toujours plus ou moins la même. Le père est dans une chambre, à côté, ou il est simplement ailleurs, mais menaçant, imminent. La scène est une antichambre où se rencontrent surtout les fils et les femmes. Au loin, le port, la mer, la fuite : l'espace extérieur est surtout un lieu convoité pour partir et échapper au destin. Barthes montre que cette structure définit des rapports entre les personnages fondés sur l'autorité (le père) et la convoitise (le fils, les femmes). Comme dans la « horde primitive », les pères sont le destin, proprié-

*Catherine Sellers, mise en scène de Pierre Tabart au théâtre des Bouffes du Nord (1990).*

taires de la vie des fils. Les fils se déchirent pour des héritages ou pour des femmes. Les femmes sont mères, sœurs et amantes à la fois, toujours et seulement convoitées. Dans ce huis-clos de sujétion et d'ingratitude, la seule issue est d'éviter le choc frontal. On n'agit pas directement. La relation de force prend donc la parole comme unique moyen de médiation. Toutes les mises en scène modernes ont retenu cette vision : Antoine Bourseiller, Jean-Pierre Miquel, Antoine Vitez, Jacques Rosner ou Jean Gillibert.

*Décor de Léon Bakst pour* Phèdre, *au début du XX*e *siècle (Bibliothèque nationale).*

## LA DRAMATURGIE DE LA PASSION

Elle est implicite dans le texte de *Phèdre.* Les indications sur l'attitude dramatique des acteurs sont à trouver dans le texte lui-même. Racine sait influencer le jeu scénique. Par exemple, le texte oblige souvent les personnages à prendre des attitudes :

« Par vos faibles genoux que je tiens embrassés » (244)

ou « Je confesse à vos pieds ma véritable offense » (1121).

Mais, surtout, Racine ne cesse de noter que les héros tremblent, pâlissent, rougissent, hésitent, titubent, fuient ou se dérobent, etc. Toutefois, la dramaturgie classique impose une grande sobriété, une retenue constante : pensons à la manière dont est évitée l'effusion, à l'arrivée de Thésée (913-914 : « Arrêtez, Thésée »). Enfin, les éléments de décor participent à la dramaturgie : Racine a voulu un « palais à voûtes » (ce qui est un anachronisme par rapport à l'architecture grecque), image du tombeau, souvenir du labyrinthe. Deux accessoires sont obligatoires : la chaise de Phèdre (156) où Phèdre vient s'écrouler et l'épée (704-716). L'épée est l'instrument de la tragédie : Phèdre demande à Hippolyte de l'en frapper (707), elle lui arrache (711), avant de s'en servir comme pièce à conviction pour accuser Hippolyte d'une tentative de viol. Ce même « fer » réapparaît quand Phèdre a la tentation du suicide (1633). Bref, Racine, avec une grande économie de moyens, sans didascalies (sauf une seule, au v. 157), organise la mise en scène de sa pièce.

*Marguerite Jamois, mise en scène de Gaston Baly, théâtre Montparnasse en 1940 (Bibliothèque nationale).*

# LES AUTEURS ANCIENS

La préface de *Phèdre* cite deux sources : Euripide et Sénèque. Il est cependant très éclairant de voir comment Racine s'est distingué de ses modèles et quelle inflexion particulière il a donné au mythe.

## Euripide

•

Dans son *Hippolyte* (432 av. J.-C.), le grec Euripide présente son héros comme la victime de la déesse Aphrodite, furieuse que le beau jeune homme se refuse à elle. Pour se venger, elle inspire à Phèdre une passion criminelle pour son beau-fils, en l'absence de Thésée. Phèdre se désespère, Œnone intervient, Hippolyte refuse et affirme son dégoût des femmes en général. On apprend alors que Phèdre s'est pendue, après avoir écrit des tablettes accusant Hippolyte. Thésée les trouve, demande à Poséidon-Neptune de mettre son fils à mort, pour avoir violenté Phèdre. La malédiction s'accomplit, tandis que la déesse Artémis-Diane vient révéler à Thésée la machination d'Aphrodite. Mais il est trop tard. Hippolyte expire sur scène, laissant son père désespéré, mais en lui pardonnant.

**Racine a modifié la pièce d'Euripide dans trois directions** :

– Hippolyte était le personnage central, bel athlète méprisant les femmes et préférant ses compagnons de chasse ; son refus de la plus belle créature du monde (la déesse de l'Amour) n'avait guère de sens. Racine a choisi une option plus fine et plus douloureuse : Hippolyte est à la fois un amoureux et un innocent, beau et lumineux, victime absolue ;

– Aricie n'existait pas : l'affaire se résumait à un conflit entre deux déesses avec le misogyne Hippolyte pour enjeu. Racine donne une couleur humaine à cette querelle mythologique, en montrant l'amour vrai à côté de la passion tragique et de règlements de comptes ; l'ensemble devient plus lyrique et plus pathétique – et on a une victime de plus ;

– Racine est aussi influencé par les exigences de bienséance propres au théâtre classique : Phèdre n'accuse pas directement, elle n'écrit rien ; c'est la nourrice qui calomnie. Et, surtout, Hippolyte n'est plus accusé d'avoir violé Phèdre, mais seulement de l'avoir désirée.

## Sénèque

•

Dans sa *Phaedra* (vers 50 ap. J.-C.), le latin Sénèque concentre l'action sur le personnage de Phèdre. Hippolyte et ses compagnons ne se plaisent qu'à la chasse. Phèdre vient vers Hippolyte, lui dit qu'elle est lasse des infidélités de son époux et lui déclare sa passion. Horrifié, Hippolyte a la tentation de tuer Phèdre et dégaine son épée, avant de la jeter au sol. Ce glaive abandonné va servir à accuser le jeune homme au retour de Thésée. Malédiction du père, appel à Neptune, mort d'Hippolyte, tué par un monstre marin. Phèdre vient mourir en pleurant Hippolyte. Thésée, devant le suicide de Phèdre, comprend la vérité et embrasse les restes sanglants de son fils.

**Racine a modifié la source offerte par Sénèque** :

– en rendant à la pièce une tonalité sacrée et mystérieuse, alors que Sénèque joue surtout sur une esthétique décadente et baroque (violence sanguinaire, psychologie tourmentée, conflits visibles sur scène) ;

– en donnant à Phèdre le temps d'analyser ses sentiments, de vivre dans le remords et l'hésitation, au lieu de n'être qu'une force impulsive et folle.

### Ovide

•

Il est caractéristique que Racine ait beaucoup retenu du poète latin Ovide (43 av. J.-C. – 17 ap. J.-C.). Dans ses *Métamorphoses*, il fait apparaître Hippolyte qui raconte son propre destin à la nymphe Égérie. Ovide illustre, dans son poème, les grandes histoires d'amour qui ont conduit à des changements de fortune. La métamorphose est l'image du désir d'échapper à soi – ce qui est le seul sujet de toute tragédie :

> *Bien qu'innocent, je fus chassé de la ville par mon père, qui, à mon départ, appelle sur ma tête la malédiction avec des imprécations chargées de haine. Sur le char qui m'emportait en exil, je gagnais la ville de Pittheus, Trézène, et je longeais maintenant les bords de la mer de Corinthe, quand l'onde se souleva, et l'on vit une énorme masse d'eau s'arrondir et grossir à l'image d'une montagne. Elle pousse des mugissements et se fend à son sommet. Par la déchirure de l'onde jaillit un taureau armé de cornes, qui, dressé jusqu'à la poitrine dans les airs légers, vomit à flots par ses naseaux et sa gueule béante l'eau de la mer. La terreur envahit le cœur de mes compagnons ; le mien resta insensible à la peur, tout occupé par la pensée de l'exil.*
>
> Ovide, *Les Métamorphoses*, éd. Garnier, Livre XV, v. 504-529.

## LES SOURCES FRANÇAISES

Malgré un assez grand nombre de pièces qui, aux XVIe et XVIIe siècles, évoquent la légende de Phèdre, leur influence sur Racine semble quasi nulle. Elles privilégiaient généralement Hippolyte : Robert Garnier (1573), La Pinelière (1635), Gabriel Gilbert (1647), Bidar (1675). Il faut plutôt chercher du côté des thèmes (inceste, amour provoqué par les dieux, jalousie fatale, etc.) pour percevoir des prédécesseurs à Racine. On pense évidemment à la légende, fondamentale pour la passion en Occident, *Tristan et Iseut*. Une pièce de Quinault, au XVIIe siècle, *Bellérophon* (1670), a pu inspirer Racine, car le sujet en est le même que dans *Phèdre*.

# À LA PARUTION

Outre la grande affaire de la cabale, au moment où *Phèdre* parut sur la scène (voir p. 130), la pièce de Racine a toujours suscité de nombreuses réactions, sans doute parce que le problème de l'inceste est l'un des plus aigus qui puissent se poser à nos consciences et à nos mœurs. Et Voltaire n'avait pas tort de dire que « ce rôle est le plus beau qu'on ait jamais mis sur le théâtre dans aucune langue » (*Dictionnaire philosophique*, « Amplification », 1763).

Mais, plus encore, la critique a d'emblée été frappée par la beauté de la pièce, alors que son sujet est horrible. C'est dire à quel point l'aspect poétique de *Phèdre* est essentiel pour saisir comment le théâtre de Racine est reçu et aimé. C'est bien ce que comprit Boileau, par qui nous savons que Racine avait une prédilection particulière pour cette pièce :

> *Que peut contre tes vers une ignorance vaine ?*
> *Le Parnasse français, ennobli par ta veine,*
> *Contre tous ces complots saura te maintenir,*
> *Et soulever pour toi l'équitable avenir.*
> *Eh ! qui, voyant un jour la douleur vertueuse*
> *De Phèdre malgré soi perfide, incestueuse,*
> *D'un si noble travail justement étonné,*
> *Ne bénira d'abord le siècle fortuné*
> *Qui, rendu plus fameux par tes illustres veilles,*
> *Vit naître sous ta main ces pompeuses merveilles ?*

Boileau, *Épître VII*, 1677.

De même Donneau de Visé, en mars 1677, est admiratif de « l'adresse » avec laquelle Racine a traduit l'horreur :

> *Quand il faut représenter une femme qui, n'envisageant son amour qu'avec horreur, oppose sans cesse le nom de belle-mère à celui d'amante, qui déteste sa passion et ne laisse pas de s'y abandonner par la force de sa destinée, qui voudrait se cacher à elle-même ce qu'elle sent, et ne souffre qu'on lui en arrache le secret que dans le temps où elle se voit prête d'expirer, c'est ce qui demande l'adresse d'un grand maître.*

# LE DÉBAT RELIGIEUX

### Au XIX^e^ siècle

•

C'est au XIX^e^ siècle, avec le renforcement du sentiment religieux, que l'on s'est mis à lire le théâtre de Racine – et surtout *Phèdre* – comme un reflet de la pensée chrétienne. Et le débat n'est pas clos (se reporter à ce qui concerne le jansénisme, p. 167).

> *Nous pourrions nous contenter d'opposer à Didon la Phèdre de Racine, plus passionnée que la reine de Carthage : elle n'est en effet qu'une épouse chré-*

*tienne. La crainte des flammes vengeresses et de l'éternité formidable de notre Enfer, perce à travers le rôle de cette femme criminelle, et surtout dans la scène de la jalousie, qui, comme on le sait, est de l'invention du poète moderne. L'inceste n'était pas une chose si rare et si monstrueuse chez les anciens, pour exciter de pareilles frayeurs dans le cœur du coupable.* [...] *Aussi la Phèdre d'Euripide, comme celle de Sénèque, craint-elle plus Thésée que le Tartare. Ni l'une ni l'autre ne parle comme la Phèdre de Racine :*
*« Moi jalouse ! et Thésée est celui que j'implore !... » (IV, scène 6, v. 1255-1294).*
*Cet incomparable morceau offre une gradation de sentiments, une science de la tristesse, des angoisses et des transports de l'âme, que les anciens n'ont jamais connus. Chez eux, on trouve pour ainsi dire des ébauches de sentiments, mais rarement un sentiment achevé ; ici, c'est tout le cœur :*
*« C'est Vénus toute entière à sa proie attachée ! »*
*et le cri le plus énergique que la passion ait jamais fait entendre, est peut-être celui-ci :*
*« Hélas ! du crime affreux dont la honte me suit,*
*Jamais mon triste cœur n'a recueilli le fruit. »*
*Il y a là-dedans un mélange des sens et de l'âme, de désespoir et de fureur amoureuse, qui passe toute expression. Cette femme, qui se consolerait d'une éternité de souffrance, si elle avait joui d'un instant de bonheur, cette femme n'est pas dans le caractère antique ; c'est la chrétienne réprouvée, c'est la pécheresse tombée vivante entre les mains de Dieu : son mot est le mot du damné.*

Chateaubriand, *Génie du christianisme*, Seconde partie, 1802.

*La faiblesse et l'entraînement de notre misérable nature n'ont jamais été mis plus à nu. Il y a déjà, si l'on ose dire, un commencement de vérité religieuse dans une vérité humaine si profondément révélée, si vivement arrachée de nos ténèbres mythologiques. La doctrine de la grâce se sent toute voisine de là ; notre volonté même et nos conseils sont à la merci de Dieu ; nous sommes libres, nous le sentons, et nous croyons l'être, et pourtant il y a nombre de cas où nous sommes poussés : terrible mystère ! Phèdre, avec sa douleur vertueuse, pourrait être ajoutée dans le* Traité du libre arbitre *de Bossuet, comme preuve que souvent on agit contre son désir, qu'on désire contre sa volonté, qu'on veut malgré soi.*
*« Que dis-je ? Cet aveu que je te viens de faire,*
*Cet aveu si honteux, le crois-tu volontaire ? »*

Sainte-Beuve, *Port-Royal*, VI, 1859.

## Au XX^e^ siècle

•

*Nous aimons Phèdre pour ses moments d'humilité. Elle ne se défend pas ; elle connaît son opprobre ; l'étale aux pieds même d'Hippolyte. L'excès de sa misère nous apparaît surtout lorsque, lui ayant décrit son triste corps qui a langui, qui a séché dans les feux, dans les larmes, elle ne peut se retenir de crier*

*à l'être qui est sa vie (rien de plus déchirant n'est jamais sorti d'une bouche humaine) :*
*« Il suffit de tes yeux pour t'en persuader,*
*Si tes yeux un moment pouvaient me regarder. »*
*Prodigieuse lucidité. Où cette nouvelle Hermione, cette dernière incarnation de Roxane, a-t-elle appris à se connaître ? [...] « Il faut aller jusqu'à l'horreur quand on se connaît... » écrit Bossuet au maréchal de Bellefonds. Phèdre va jusqu'à cette horreur. Elle est fille des dieux, fille du ciel ; elle le sait, de cette même science qui était celle de Racine dans le temps où il l'a mise au monde. Lui aussi, dès qu'il a commencé de balbutier, ce fut pour adorer le Père qui est au ciel ; et à travers tous les désordres où sa jeunesse l'engagea, il ne perdit point le souvenir de sa filiation divine. Dans le pire abaissement, le chrétien se connaît comme fils de Dieu.*
*Mais Phèdre ignore le Dieu qui nous aime d'un amour infini. Son cœur malade ne peut se tourner vers ce juge dont elle n'attend rien qu'un supplice nouveau propre à châtier son crime. Aucune goutte de sang n'a été versée pour cette âme. Elle est de ces misérables que les maîtres du petit Racine frustrent sereinement du bénéfice de la Rédemption. Ils avaient une pire croyance : ils ne doutaient pas que le Dieu tout-puissant ait voulu aveugler et perdre telles de ses créatures. Leur Divinité rejoignait le* Fatum *: un Destin qui ne serait pas aveugle, terriblement attentif au contraire à la perte des âmes réprouvées dès avant leur naissance. [...]*
*Qui sauverait Phèdre du désespoir ? Et soudain elle découvre une raison de s'y précipiter, du même élan qu'Hermione et que Roxane. L'obstacle surgit qu'elle ignorait ; le même contre lequel se sont brisées ses deux furieuses sœurs. Elle se fiait à la chasteté d'Hippolyte, n'imaginait pas qu'elle pût avoir une rivale... Ah ! douleur non encore éprouvée !*
*Phèdre retombe du rang où sa qualité de fille du ciel l'avait élevée ; elle redevient cette bête jalouse qui ne souhaite que de mordre et que de détruire, avant d'être soi-même anéantie. Encore ce piétinement monotone devant une porte infranchissable.*

F. Mauriac, *La Vie de Jean Racine*, Plon, 1928.

*La lamentation tragique devant le destin, héritée de l'Antiquité, et qui se revêtait chez Corneille et ses contemporains d'un langage stoïque, réapparaît chez Racine comme une lamentation véritable, mais transposée de l'ordre de la fatalité extérieure à celui de la fatalité passionnelle, et surchargée des angoisses du remords et du mépris de soi. Pour l'orgueil du moi, la passion coupable est un aveu radical de misère, et cet aveu, altérant jusqu'aux rapports de l'homme avec l'univers, peut atteindre l'intensité d'une angoisse métaphysique :*
*« Et moi, triste rebut de la nature entière,*
*Je me cachais au jour, je fuyais la lumière... »*
*Évidemment une culpabilité aussi écrasante ne peut s'attacher qu'à des instincts réputés monstreux ; mais au fond tout instinct, dans la conception pessimiste de Racine et de Port-Royal, entre à quelque degré dans cette catégorie. Le caractère inquiétant attribué à l'instinct justifie une répression sévère qui entretient en retour l'horreur de l'homme pour son être.*

Paul Bénichou, *Morales du Grand Siècle*, Gallimard, 1948.

# LA PAROLE DU DÉSIR

La critique contemporaine est surtout sensible à la force quasi animale du désir que les mots doivent à la fois contenir et formuler.

*En Phèdre, rien ne voile, n'adoucit, n'ennoblit, n'orne, ni n'édifie l'accès de la rage du sexe. L'esprit, ses jeux profonds, légers, subtils, ses échappées, ses lueurs, ses curiosités, ses finesses, ne se mêlent point de distraire ou d'embellir cette passion de l'espèce la plus simple. Phèdre n'a point de lecture. Hippolyte est peut-être un niais. Qu'importe ? La reine incandescente n'a besoin d'esprit que comme instrument de vengeance, inventeur de mensonges, esclave de l'instinct. Et quant à l'âme, elle se réduit à son pouvoir obsédant, à la volonté dure et fixe de saisir, d'induire à l'œuvre vive sa victime, de geindre et de mourir de plaisir avec elle.*

Valéry, *Variété : Sur Phèdre femme*, Gallimard, 1942.

*Dire ou ne pas dire ? Telle est la question. C'est ici l'être même de la parole qui est porté sur le théâtre : la plus profonde des tragédies raciniennes est aussi la plus formelle ; car l'enjeu tragique est ici beaucoup moins le sens de la parole que son apparition, beaucoup moins l'amour de Phèdre que son aveu. Ou plus exactement encore : la nomination du Mal l'épuise tout entier, le Mal est une tautologie,* Phèdre *est une tragédie nominaliste.*
*Dès le début, Phèdre se sait coupable, et ce n'est pas sa culpabilité qui fait problème, c'est son silence : c'est là qu'est sa liberté.* [...]
*Phèdre est son silence même : dénouer ce silence, c'est mourir, mais aussi mourir ne peut être qu'avoir parlé. Avant que la tragédie ne commence, Phèdre veut déjà mourir, mais cette mort est suspendue : silencieuse, Phèdre n'arrive ni à vivre ni à mourir : seule, la parole va dénouer cette mort immobile, rendre au monde son mouvement.*

Roland Barthes, *Sur Racine*, Le Seuil, 1963.

*Or je crois que* Phèdre *est un grand poème baroque. Il me fait bien moins penser à l'ordre de Poussin qu'à Monteverdi, dont il partage les moments de déchirante noblesse qui surgissent d'une sorte de confusion nocturne comme la mélopée du Coran monte des caravanes endormies.*

André Malraux, « Réponse à Henry de Montherlant »,
in *Cahiers Renaud-Barrault*, n° 10, 1955.

*J'ai souvent pensé que les histoires racontées par Racine sont des histoires que l'on trouve dans le courrier du cœur ; des histoires qui inspirent généralement la goguenardise : les amours des princes et des gens célèbres. Ce qui est intéressant, ce n'est pas l'histoire, mais comment on dit l'histoire. C'est à travers son expression, son poème, que Racine donne à* Phèdre *le sens de la condition humaine ; mais en soi les histoires racontées par Racine sont des histoires que l'on trouve aujourd'hui dans le courrier du cœur alors que Victor Hugo, qui n'aimait pas Racine, et qui a pris le contre-pied de celui-ci, a voulu raconter des histoires extraordinaires. Victor Hugo raconte des histoires inouïes avec des coups de théâtre perpétuellement renouvelés et qui se succèdent ; chez Racine, leur nombre est très réduit.*

Présentation et interviews d'Antoine Vitez par C. Geray, C. Vandel-Isaakidis et R. Temkine, *Phèdre*, Hatier, coll. « Théâtre et mise en scène », 1986.

## DES RÉSONANCES LITTÉRAIRES ET MUSICALES

On a souvent souligné les rapprochements possibles entre une pièce comme *Phèdre* et l'opéra : même présence du surnaturel et du spectaculaire, même alternance entre des duos dramatiques et des arias lyriques (les monologues), etc. Jean-Philippe Rameau a d'ailleurs écrit, en 1733, l'opéra *Hippolyte et Aricie,* dont le livret est inspiré de Racine – comme, plus tard, le feront Massenet (1900) et Honneger (1926).

Mais c'est surtout dans l'intertextualité que l'influence de *Phèdre* se manifeste le plus efficacement. On pense notamment à *René* de Chateaubriand (1802) : le héros y est amoureux de sa sœur Amélie – comme l'était sans doute Chateaubriand de sa propre sœur. Dans une préface ajoutée en 1805, l'auteur écrit : « L'auteur eût choisi le sujet de *Phèdre,* s'il n'eût été traité par Racine. » De même, Proust, dans *Albertine disparue* (paru en 1925) rappelle comment la confession de Phèdre (II, 5) fait la synthèse des rapports amoureux entre ses deux personnages, Gilberte et Albertine :

*Alors je me souvins des deux façons différentes dont j'avais écouté* Phèdre, *et ce fut maintenant d'une troisième que je pensai à la scène de la déclaration. Il me semblait que ce que je m'étais si souvent récité à moi-même et que j'avais écouté au théâtre, c'était l'énoncé des lois que je devais expérimenter dans ma vie.* [...] *Et il n'y a pas jusqu'aux duretés qu'on m'avait racontées de Swann envers Odette, ou de moi à l'égard d'Albertine, duretés qui substituèrent à l'amour antérieur un nouveau, fait de pitié, d'attendrissement, de besoin d'effusion et qui ne faisait que varier le premier, qui ne se trouvent aussi dans cette scène :*

*« Tu me haïssais plus, je ne t'aimais pas moins.*
*Tes malheurs te prêtaient encor de nouveaux charmes. »*

*La preuve que le « soin de sa gloire » n'est pas ce à quoi tient le plus Phèdre, c'est qu'elle pardonnerait à Hippolyte et s'arracherait aux conseils d'Œnone, si elle n'apprenait à ce moment qu'Hippolyte aime Aricie. Tant la jalousie, qui en amour équivaut à la perte de tout bonheur, est plus sensible que la perte de la réputation. C'est alors qu'elle laisse Œnone (qui n'est que le nom de la pire partie d'elle-même) calomnier Hippolyte sans se charger « du soin de le défendre » et envoie ainsi celui qui ne veut pas d'elle à un destin dont les calamités ne la consolent d'ailleurs nullement elle-même, puisque sa mort volontaire suit de près la mort d'Hippolyte. C'est du moins ainsi, en réduisant la part de tous les scrupules « jansénistes », comme eût dit Bergotte, que Racine a donnés à Phèdre pour la faire paraître moins coupable, que m'apparaissait cette scène, sorte de prophétie des épisodes amoureux de ma propre existence.*

Au reste, l'influence de *Phèdre* dépasse évidemment nos frontières : voir par exemple le beau texte russe de Marina Tsvétaeva *(Phedra)*, traduit par J.-P. Morel, aux éditions Actes Sud, 1991.

*La pièce de Racine a aussi inspiré de nombreux peintres et graveurs (esquisse de Desenne, Bibliothèque nationale).*

# LE JEU DES CONTRAIRES

L'amour et la mort, Éros et Thanatos, le désir et la sang : tels sont les enjeux de la tragédie. Racine emprunte à un fonds primitif (mythologie grecque et histoire ancienne, surtout) traversé de pulsions sanguinaires, d'amour fou et de vendettas familiales. Mais cette horreur, la tragédie racinienne la transforme en beauté littéraire. Les rapports humains, en réalité cruels et impudiques, sont voilés par une langue policée, par des mensonges, par une duplicité courtoise. Au XIXe siècle, Taine a comparé les mœurs du théâtre racinien et celles de la cour à Versailles. Ce qui est certain, c'est que Racine révèle une société en mutation, où les vieux idéaux héroïques se démodent et où le thème chrétien du néant de la créature s'installe (cf. p. 130). *Phèdre* exprime ce **double aspect** : le **rêve idéaliste** ; la **déchéance** humaine. On peut par exemple opposer :

| honnêteté, pudeur, grandeur, etc. | crime, fautes, bassesse, etc. |
|---|---|
| Hippolyte | Phèdre |
| Thésée | Œnone |
| Aricie | |
| Théramène | |

Cette dualité est accentuée dans la pièce par le fait que le personnage racinien est souvent conscient de sa propre misère : Hippolyte (I, 1 ; II, 2 ; IV, 6) ou Phèdre (I, 3 ; III, 2 ; IV, 5 ; V, 7) sont déchirés entre des pôles contradictoires. L'« honneur » ou la « renommée » subissent un « joug honteux » (V, 1). De même, l'enchaînement des scènes fait apparaître des pulsions morales contrastées, notamment dans l'évolution du personnage de Thésée (se reporter à l'étude des personnages, p. 141).
Ce jeu des contraires doit être rapproché de la pensée **janséniste** de Racine.

# LA TRAGÉDIE JANSÉNISTE

On sait que Racine a été formé dans le milieu janséniste, à Port-Royal et qu'il en a été profondément marqué.
La tragédie racinienne insiste sur l'anéantissement de la créature par la volonté des dieux. L'homme est livré à la divinité (v. 277 et suivants), qui le conduit à la folie, au crime et à la mort. Cette vision est accentuée par plusieurs thèmes récurrents : la solitude, la jalousie, la honte, le désir de suicide, la haine ancestrale des dieux, etc. (se reporter à l'index thématique). La tragédie tourne à la victoire du **silence** et au **sacrifice**.

**Qu'est-ce que le jansénisme ?**

Il s'agit d'un courant chrétien, influencé par un évêque et théologien hollandais, Cornelius Jansen, dit Jansénius (1585-1638). Son principal ouvrage, l'*Augustinus*, affirmait restaurer les doctrines authentiques de saint Augustin (354-430) sur la grâce et la prédestination. Cette très complexe et difficile question de théologie peut se résumer grossièrement ainsi : l'homme, déchu depuis le péché originel, peut espérer le salut depuis que Jésus-Christ a racheté (mystère de la Rédemption) le genre humain par sa mort ; mais ce salut n'est possible que par l'action surnaturelle de la grâce, don de Dieu. Dès lors, deux options sont possibles : soit l'on croit que tout homme peut, par la prière et la bonté, attirer sur lui l'amour de Dieu et sa grâce ; soit, l'on croit que Dieu choisit seul ceux qu'il veut sauver, sans que l'homme ne puisse rien pour modifier cette prédestination. Le janséniste opte pour la deuxième solution : l'homme ne peut rien pour son salut, sinon espérer la grâce de Dieu. Dieu reste caché.

## LES DIEUX

Ils interviennent dans la tragédie, en particulier Vénus (déesse de l'amour qui s'acharne contre Phèdre) et Neptune (protecteur de Thésée, qui lui demande la mort d'Hippolyte). Sans cesse évoqués, comme ancêtres, comme protecteurs ou persécuteurs, ils deviennent à la fois l'image du Dieu janséniste (obscur, cruel, exigeant, omniprésent mais silencieux) et des forces passionnelles de l'humanité. Le sacré rejoint l'affectif, car la tragédie met en conflit des valeurs et des pulsions, le bien et le mal ou, si l'on veut, Dieu et le Diable.

# LECTURES PSYCHANALYTIQUES

## Le schéma freudien

•

La tragédie a intéressé la psychanalyse dès les premiers travaux de Sigmund Freud (1856-1939), car elle semble une allégorie des situations psychologiques refoulées ou inconscientes. Réutilisant les grands mythes, la tragédie ne cesse de les réactiver et le spectateur sent bien que la scène n'est pas pure fiction ou jeu gratuit. Dans *Phèdre,* le thème principal (l'inceste) évoque un des interdits les plus forts de toutes les civilisations. L'amour de Phèdre est attirance/répulsion, face à Hippolyte. Il se manifeste dans le paroxysme, sans que la volonté raisonnée puisse exercer son contrôle. La passion racinienne est donc comparable à la pulsion, telle que Freud la définit : désir (« libido ») venu des profondeurs inconscientes et que la raison ne sait refouler.

| | |
|---|---|
| « Surmoi »<br>(règles, interdits, morale, éducation) | |
| « moi »<br>(conscience, raison, contrôle de soi) | censure consciente |
| « subconscient »<br>(refoulement, instincts confus) | censure inconsciente |
| « inconscient » (ou « ça »)<br>(lieu obscur d'où surgissent les pulsions) | force libidinale |

Le schéma freudien peut s'appliquer à *Phèdre* de trois manières :
– en étudiant le cas du désir de Phèdre elle-même : son désir incestueux remonte peu à peu jusqu'à sa conscience, sans qu'elle puisse vraiment le réprimer ; ses aveux et les moyens qu'elle met en jeu pour réaliser son désir sont de plus en plus « inavouables » et incontrôlables ;
– en attribuant au trio principal une fonction de représentation des niveaux du psychisme : Phèdre (le « ça ») ; Hippolyte (le « moi ») ; Thésée (le « surmoi ») – ce qui rend leur conflit inévitable ;
– en constatant le rôle des confidents comme signe de dédoublement : Œnone est l'âme de Phèdre, son côté noir et condamnable ; Théramène est l'âme d'Hippolyte, son côté rassurant et confiant.

## La psychocritique

Mais la psychanalyse a aussi inspiré une autre méthode, la psychocritique, qui cherche à saisir l'auteur dans l'œuvre. Charles Mauron (*L'inconscient dans l'œuvre et la vie de Racine*, rééd. Champion-Slatkine, 1986) s'est penché sur le « cas » de Racine.

La méthode psychocritique commence par superposer les textes de l'auteur pour dégager des structures ou des métaphores obsédantes (cf p. 149). Ces éléments sont ensuite étudiés dans leur évolution au fil de l'œuvre pour être finalement interprétés selon les analyses de Freud. On espère ainsi déceler le « mythe personnel » de l'auteur, que l'on vérifiera à l'aide des données biographiques.

Le schéma proposé par Charles Mauron place les tragédies de Racine dans l'ordre chronologique et choisit pour personnage principal celui en qui se croisent les tensions dramatiques, à ses yeux : « un homme [qui] oscille entre une femme virile et une tendre amante ».

- Pyrrhus (entre Andromaque et Hermione) dans *Andromaque*
- Néron (entre Junie et Agrippine) dans *Britannicus*
- Bajazet (entre Atalide et Roxane) dans *Bajazet*
- Hippolyte (entre Aricie et Phèdre).

À partir de *Mithridate*, le père, absent des tragédies précédentes, fait son apparition : le personnage principal se met sous sa protection et « le meurtre, passionnel d'abord, devient justicier et moral ».

En réduisant « les situations à des éléments familiaux et instinctifs », on obtient cette suite de sujets :

> *1. – Pyrrhus, attiré par Andromaque sa captive, repousse la jalouse Hermione, qui a des droits sur lui.*
>
> *2. – Néron, attiré par Junie, qu'il retient captive, repousse la possessive Agrippine, sa mère, qui a des droits sur lui.*
>
> *3. – Titus, attiré par Bérénice, repousse cependant Bérénice, qui a des droits sur lui.*
>
> *4. – Bajazet, attiré par Atalide, comme lui désarmée et prisonnière, repousse Roxane, qui a sur lui droit de vie et de mort.*
>
> *Il y a là une première série d'analogies évidentes. Je les ai soulignées de façon grossière, volontairement systématique. Je ne les ai pas faussées, ni imaginées. Mais voici que le tableau change, par l'apparition d'un personnage nouveau : le père.*
>
> *5. – Mithridate, offensé, fait peser une menace de mort sur sa femme et ses fils incestueux.*
>
> *6. – Agamemnon, inspiré par les dieux, fait peser une menace de mort sur sa fille Iphigénie.*

*7. – Thésée, offensé, fait peser la menace d'une vengeance divine sur Phèdre, sa femme incestueuse et son fils. (Répétant la formule des premières tragédies, nous pourrions écrire : Hippolyte, attiré par Aricie, repousse Phèdre. La formule serait valable, mais Phèdre n'a pas de droits et l'apparition du père justicier modifie la situation).*

*8. – Joad, inspiré par Dieu, fait périr Athalie, qui voulait porter la main sur Joas, son petit-fils.*

L'interprétation psychanalytique de ces structures permet d'atteindre, selon Mauron, le fantasme originel de l'auteur qui se projette et s'exprime dans son théâtre, sans qu'il en ait conscience. Une relation obsédante lie le fils à la mère : il doit s'en arracher et réaliser un autre amour. On peut résumer ainsi :

*1. Situation préliminaire.*
*Dans une sorte de préhistoire commune, la mère avait le sceptre et tenait l'enfant en sa possession.*

*2. L'infidélité (Andromaque, Britannicus).*
*Le fils se dégage de la mère, prétend remplacer le père, affirme son pouvoir et sa liberté totale. Il n'est pas aimé comme il le voudrait. Il est ingrat, infidèle, monstrueux, menacé, persécuteur et rêve d'amour dans la paix.*

*3. L'indépendance virile (Bérénice, Bajazet).*
*Le fils rompt avec la mère, non sans souffrance (Bérénice) et réactions furieuses (Roxane). Son amour tendre est enfin partagé.*

*4. L'Œdipe ou l'inhibition vaincue (Mithridate).*
*Le fils indépendant et aimé va réaliser son désir. Soudain, celui-ci se révèle œdipien. Le père apparaît. Le fils se divise en fils coupable, fixé à la mère et refoulé, et fils innocent, qui met son indépendance au service du père.*

*5. L'inhibition aggravée (Iphigénie).*
*La réalisation du désir se révèle de plus en plus difficile. La menace du père s'accroît. La division du fils s'accuse (Iphigénie, Ériphile). La culpabilité et le désir de châtiment grandissent. L'inhibition est levée à la fin grâce à un compromis expiatoire.*

*6. L'inhibition totale (Phèdre).*
*La culpabilité, le désir d'aveu et le châtiment l'emportent. Le fils qui avait conquis son indépendance sur la mère agressive est hanté par la mère pécheresse.*
*Le père l'accuse. Sollicité par deux gravitations, fasciné par l'inceste et menacé par le châtiment de l'inceste, totalement inhibé, le fils perd son indépendance. En fait, la malédiction du père le rejette au pouvoir de la mère agressive.*

*7. Le matricide (Athalie).*
*Si le fils veut échapper à la mère parricide et incestueuse, il ne lui reste plus qu'à la tuer en se mettant résolument du côté d'un père matricide. Ceci implique le renoncement à l'indépendance amoureuse. En revanche, le fils acquiert la sécurité.*

Il reste à confronter ce « mythe personnel » avec l'étude des réalités biographiques. Au bout d'une longue récapitulation, Charles Mauron termine ainsi :

> *Je résumerai l'évolution qui précède dans le tableau suivant :*
>
> *1. – Angoisses infantiles dans une atmosphère familiale qui fait caisse de résonance.*
>
> *2. – Crise œdipienne où le surmoi sacré et l'objet incestueux coïncident. Père faible.*
>
> *3. – Refoulement des fantaisies œdipiennes par des formations réactionnelles dures. Naissance d'un caractère obsessionnel, aisément mélancolique.*
>
> *4. – Renaissance de la crise œdipienne pendant la puberté à Port-Royal des Champs. Refoulement intense. Formation d'une personnalité froide, sociale, avec une forte composante érotique visuelle. Les fantaisies inconscientes sont probablement très chargées par régression de l'énergie.*
>
> *5. – Forte angoisse de castration à Uzès. Refus de la passion et de la tonsure, en faveur de la réussite sociale et littéraire.*
>
> *6. – Le théâtre, auto-analyse et expression symbolique du conflit inconscient projeté sur des sujets divers. Évolution de ce conflit. Le reflux masochiste, né de la perception du malheur et de la fixation à la mère néfaste.*
>
> *7. – Pendant toute la création théâtrale, le moi inconscient se défend contre l'angoisse par une série de mécanismes. Lorsque, après réflexion de l'agressivité, un masochisme secondaire (soumission au père punisseur) vient renforcer le masochisme primaire (fascination de la mère dévoratrice), la situation angoissante-type, avec sa combinaison d'amour, de malheur et de culpabilité, paraît reconstituée. Le théâtre cesse d'être une auto-analyse pour devenir une participation hallucinatoire. Panique de* Phèdre.
>
> *8. – Première régression. Retraite après* Phèdre. *Renoncement au théâtre et à ses visions renouvelant l'angoisse. Sacrifice de la satisfaction érotique visuelle. Consolidation du moi social (personnalité froide) et du refoulement obsessionnel. Appauvrissement de toute la vie consciente, mais acquisition de la paix, au moins en façade.*
>
> *9. – L'enfance et Port-Royal retrouvés dans Saint-Cyr. Le théâtre et ses vierges offrent au refoulé une nouvelle occasion de s'exprimer. On s'aperçoit que le moi social est maintenant condamné pour satisfaire le désir passionné d'autochâtiment et éviter ainsi l'angoisse.*
>
> *10. – La hantise envahit ainsi le moi. Ce n'est plus Racine qui rêve, mais le jansénisme qui rêve à travers lui.*
>
> *11. – La personnalité consciente elle-même se croit en état d'injuste disgrâce.*
>
> *12. – Somme toute, Racine avait édifié sa personnalité contre un masochisme profond, renforcé par un masochisme œdipien et plus ou moins identifié*

*ensuite avec le masochisme moral janséniste. Pour éviter l'angoisse, il pratique d'abord la fuite puis le sacrifice :*
*a) de ses investissements érotiques (théâtre) ;*
*b) de ses investissements sociaux (position à la cour). Le fond de dépression apparaît ensuite. Il est impossible de dire si la mort est hâtée par des phénomènes psycho-somatiques.*

Charles Mauron, *L'inconscient dans la vie et l'œuvre de Racine*, Réédition Champion-Slatkine, 1986.

# LECTURES SOCIOCRITIQUES

## Sociologie et littérature

•

La sociologie de la littérature cherche à établir et à décrire les rapports entre la société et l'œuvre littéraire. La société existe avant l'œuvre car l'écrivain est conditionné par elle : il la reflète et l'exprime, même s'il n'en a pas totalement conscience ; voir « Vivre au temps où s'écrit Phèdre », p. 132, où de tels rapports sont proposés.
Il peut paraître étrange d'appliquer la sociocritique à l'œuvre de Racine, car l'écrivain classique répugne à rien mettre de sa vie ou de « l'actuel » dans ses écrits. Il vise à l'universel. Mais les sociologues pensent que la littérature est une vision du monde, donc des faits sociaux. L'écrivain de génie est l'écho d'une réalité sociale. Telle est la thèse de critiques comme Georges Lukacs (1885-1971) ou (en partie) Mikael Bakhtine (1895-1975). Mais c'est surtout Lucien Goldmann qui s'est intéressé à Racine.

## Les travaux de Lucien Goldmann

•

Lucien Goldmann (1913-1970) a consacré deux livres à Racine : *Le Dieu caché* (cf. p. 132) et *Racine* (L'Arche, 1970). Il y analyse la structure tragique de la pensée janséniste : elle développe une théorie du « tout ou rien ». L'homme ne peut accepter que des valeurs absolues et doit refuser le monde insuffisant où il vit, auxquel il oppose les valeurs irréalisables de la divinité. Dieu, « caché », exige en spectateur que l'homme réalise des valeurs irréalisables, sans jamais lui montrer le moindre chemin pour y parvenir. Toute action dans le monde se heurte donc à une contradiction absolue : présence du monde, vain et faux, absence de l'absolu, pourtant sûr et désiré. La seule solution est dans le silence, la solitude – celle de Port-Royal, par exemple – ou dans la mort – celle des tragédies.

Pour les sociologues, cette vision correspond à celle de la noblesse de robe condamnée à soutenir le développement de la monarchie absolue d'où elle tire tout son statut économique et social, tandis que cette même monarchie la prive peu à peu de ses prérogatives, de ses fonctions d'autorité, et la méprise. Tandis qu'un auteur comme Molière affirme la nécessité de l'adaptation, du compromis, du savoir-vivre, Racine reflète cette situation comme une insurmontable contradiction.

L. Goldmann observe ainsi trois étapes dans les tragédies de Racine, qui correspondent à l'évolution des relations entre les jansénistes et le pouvoir, ou aussi bien entre la noblesse de robe et le pouvoir : refus ; essai de conciliation ; refuge dans la fuite ou le silence.

| | | | | |
|---|---|---|---|---|
| 1666-1670 | Guerre ouverte entre jansénistes et Rome. | **1667**<br>**1669**<br>**1670** | *Andromaque*<br>*Britannicus*<br>*Bérénice* | Tragédies du refus : pas de compromis. |
| 1670-1674 | Paix de l'Église, réconciliation apparente. | **1672**<br>**1673**<br>**1674** | *Bajazet*<br>*Mithridate*<br>*Iphigénie* | Pièces historiques avec négociations : « drames intra-mondains ». |
| 1675-1680 | Reprise de la persécution. | **1677** | *Phèdre* (« tragédie à péripétie et reconnaissance »). | Hippolyte fuit (I, 1-2 ; II, 2-4 ; III, 5-6 ; IV, 2 ; V, 1) ; Thésée ne veut pas savoir (IV, 4). Le seul être « vrai », Phèdre, a l'illusion passagère de pouvoir dialoguer avec le monde (Œnone) ; elle en meurt. Retour au silence, à la « pureté ». |
| Fin du siècle. | | **1689**<br>**1691** | *Esther*<br>*Athalie* | Soumission à la religion « officielle ». |

Autrement dit, Phèdre incarnerait un lien entre le tragique et le politique, puisqu'elle refuse un monde sans compromis : elle n'est ni pour l'intransigeance des jansénistes ni pour la soumission à la monarchie absolue. Le drame se joue sous le regard lointain du « dieu caché » (Vénus, le Soleil), tandis que Phèdre aspire au « tout » de la vie, à posséder les contraires : pouvoir et passion, pureté et inceste, vérité et vie. Elle s'insurge contre un monde dévalué, représenté par les autres personnages, tous plus ou moins compromis ou médiocres (Hippolyte, Aricie, Œnone) ou bornés (Thésée).

> *Dans la pensée janséniste, dans les* Pensées *de Pascal et dans les tragédies raciniennes, les conflits sont insolubles par suite du fait qu'un des trois personnages*[1]*, l'homme, aborde le monde avec une exigence irréalisable :*

*l'exigence d'absolu. Cette exigence est caractérisée par une catégorie mentale que j'appellerai celle du « tout ou rien ». Pascal l'a formulée une fois dans un de ses textes en disant que le fini ajouté au fini ne le modifie en rien par rapport à l'infini.*

*Or, dans la réalité, dans le monde qui est un des éléments de cette structure, il n'y a évidemment que du plus et du moins. Pour réaliser approximativement certaines valeurs il faut faire des concessions, et d'autre part, certains désirs, certaines valeurs restent à l'état d'aspiration. En face de ce monde que nous appellerons le monde du relatif, se dresse l'homme tragique avec son exigence d'absolu, qui juge ce monde avec la catégorie du tout ou rien, et pour lequel ce qui n'est pas* tout *est par cela même* rien. *Or, comme le monde n'est* jamais tout,*il ne peut être que rien. C'est dire que dans la tragédie, le conflit entre le héros et le monde est radical et insoluble.*

Lucien Goldmann, *Structure de la tragédie racinienne*, 1960,
extrait de *Le Théâtre tragique*, C.N.R.S., éd.

1. L'homme, le monde et Dieu.

## Amour/Passion

•

• **Dans la pièce** : contrairement à Corneille, qui utilisait d'autres ressorts (ambition, orgueil, vengeance, etc.), Racine construit tout son théâtre autour de l'amour-passion. Le sentiment est extrême, incontrôlable, destructeur. Dans *Phèdre,* l'amour n'est pas seulement fatal, il est coupable, car il transgresse l'interdit fondamental de l'inceste. L'amour est donc vécu comme une crise (une « fureur », v. 259) où le sujet perd son intégrité morale et physique (v. 273-276). « Funeste poison » (v. 991), l'amour est une force irrationnelle qui conduit au malheur et à la mort (« feux redoutables », « joug », « égarement »). Même tendre et partagé, le sentiment amoureux tourne au dérèglement (v. 551) et on le reconnaît surtout aux « troubles » qu'il provoque. Vécu comme un interdit (v. 241, 428, 702, 833, 1027, etc.) et, ici, comme un inceste (v. 1149, 1270, 1624, etc.), il peut se changer en haine de soi ou de l'amant, sous l'effet de la jalousie, du refus ou du manque.

• **Rapprochements** : la vision racinienne se démarque nettement de la tradition « courtoise » (Ronsard) ou « idéaliste » (liée à l'honneur, à la générosité, à l'estime, comme chez Corneille). Ce pessimisme est caractéristique des années 1670-1690 : on le retrouve chez La Rochefoucauld *(Maximes)*, chez Mme de La Fayette *(La Princesse de Clèves)*, chez Guilleragues *(Lettres portugaises)*. Par la suite, le passionné, au XVIIIe siècle, insistera plutôt sur l'émotion d'aimer, sur la sensibilité « larmoyante » et exaltée (Prévost, Rousseau), quitte à s'en défendre ou à s'en moquer cyniquement (Laclos). Mais le thème de l'amour-passion est fondamental dans l'histoire littéraire de l'Occident (selon la théorie de D. de Rougemont : *L'amour en Occident*), depuis *Tristan et Iseut.* On le retrouve donc constamment, dans tout le romantisme (roman, théâtre et poésie) et dans la littérature du XXe s. Pensons, par exemple, à Alain-Fournier, Radiguet ou Aragon *(Aurélien)*.

## Culpabilité (honte, faute)

•

• **Dans la pièce** : dès la *Préface,* Racine insiste sur la perspective morale de *Phèdre* (fautes punies, pensée du crime « regardé avec horreur », faire haïr la passion et le vice, montrer le désordre des « faiblesses » humaines...). Cette orientation moralisatrice est conforme à la doctrine d'Aristote (« l'horreur et la pitié ») et au goût de l'époque. Racine part du modèle grec (le personnage n'est pas responsable du destin qui s'acharne contre lui) mais le dépasse en soulignant la haine de soi que provoque la passion (v. 673 et s.). Le thème de la culpabilité est à relier aux interprétations chrétiennes (Phèdre sait que le ciel reconnaît l'innocence ; elle fait sa confession avant de mourir, pour obtenir rédemption et pardon) et surtout jansénistes (cf. p. 166). Mais, selon la *Préface,* « Phèdre n'est ni tout à fait coupable, ni tout à fait innocente » : il lui reste une sorte de choix (mourir, fuir, se taire), mais elle se laisse entraîner dans le crime (v. 792) par jalousie, Œnone devenant son « double » criminel. La faute essentielle de Phèdre réside dans son silence (v. 1273). Ne pas oublier que Thésée aussi est coupable.

• **Rapprochements** : l'idée de faute se confond, en Occident, avec celle de péché. La perspective religieuse entraîne le désir du pardon, du salut, de la grâce (sinon on sombre dans le « satanisme »). La faute s'accompagne donc de la nostalgie de la pureté (l'enfance, la « transparence », l'innocence) et elle est la marque d'une inaptitude au vrai bonheur : voir ce thème chez Pascal *(Pensées)*. On retrouve la conscience de la faute chez Rousseau *(Confessions, Lettres à Malesherbes)* ou chez les poètes « maudits » (Villon, Musset, Baudelaire, Verlaine). L'influence chrétienne reste forte aussi, au XX^e s., chez Mauriac *(Thérèse Desqueyroux)* ou Bernanos *(Sous le soleil de Satan)*.

## Démesure

•

• **Dans la pièce** : c'est l'« hybris » des Grecs, pour qui « Jupiter rend fous ceux qu'il veut perdre ». Racine la rend à son tour omniprésente. Elle peut se manifester sous des formes atténuées : Hippolyte qui veut se prendre pour Thésée (I, 1 ou III, 5) ou qui est amoureux d'Aricie, malgré l'interdit politique. Mais, chez Phèdre, la démesure devient « fureur », sous l'effet du désir incestueux et de la jalousie, « nourrie de fiel » (v. 1245). Les autres personnages n'y échappent pas vraiment : Thésée est orgueilleux, ivre de ses hauts-faits, aveugle par excès de confiance en soi (il en a parfois conscience : v. 960) ; Œnone sombre dans le crime, par abus d'attachement à sa maîtresse. Dans le texte, la démesure a plusieurs formes littéraires : le recours constant au mythologique (monde de l'excès, de la violence, du surhumain) et le langage qui s'affole (lapsus, colère, aveu) sans que le héros puisse vraiment le maîtriser.

• **Rapprochements** : le classicisme insiste sur les aspects maniaques de la nature humaine, par lesquels se révèlent sa « misère » et son ridicule. Molière ne peint que des aspects excessifs, et sait que « la parfaite raison fuit toute extrémité/Et veut que l'on soit sage avec sobriété ». Les « caractères » de La Bruyère ne sont que des portraits caricaturaux. Pour Pascal, l'homme est égaré par des « puissances trompeuses ». Bref, la démesure est la forme exagérée du défaut ou du vice inscrits dans la nature des hommes. On retrouvera la même méfiance chez Montaigne ou chez Descartes. Les effets baroques ou catastrophiques de la démesure (outre dans les tragédies) se perçoivent dans le roman romantique (Balzac : *Splendeurs et misère des courtisanes, Les Illusions perdues* ; Stendhal : *Le Rouge et le Noir)* ou dans le thème de l'absurde (Camus : *Caligula*). On peut aussi aborder ce thème général par des « formes » : ambition, avarice, orgueil, révolte, volonté de puissance, etc.

## Destin

•

• **Dans la pièce** : le destin conditionne l'existence même de la tragédie, car c'est lui qui provoque la fatalité (cf. ci-dessous). Le destin se manifeste d'abord sous le signe du « sang » et de la prédestination : les personnages mis en présence sont ceux que leur hérédité doit séparer (v. 34-36, 50-51). Mais, essentiellement, la notion de destin recouvre deux thèmes : la puissance divine qui a déterminé le cours des événements (et le spectateur sait bien que cela finira mal, que c'est elle qui l'emportera) ; l'enchaînement des événements eux-mêmes, qui se précipitent et qui interfèrent (retour de Thésée ; annonce de l'amour d'Hippolyte et Aricie à Phèdre ; rôle d'Œnone), le concours des circonstances qui tournent mal. Le destin se joue donc sur deux plans : la volonté des dieux (d'ailleurs absurde et cruelle) ; les relations complexes des comportements humains, où tout influe (tragiquement) sur tout.

• **Rapprochements** : le destin n'est pas forcément lié à une perspective métaphysique (comme il l'est chez Pascal ou chez Mauriac). Il peut être aussi traduit en termes de « déterminismes » : lois de l'histoire ; influence de la généalogie (Zola) ou des contraintes sociales ; pulsions physiques et tendances naturelles (cf. *Jacques le Fataliste* de Diderot), etc. On peut en être le jouet (*Candide* de Voltaire), s'y abandonner sans illusion (*Les Destinées* de Vigny), ou fonder la dignité humaine dans une révolte contre le destin (mythe d'Antigone ; Camus ; Malraux).

## Dieu(x)

•

• **Dans la pièce** : Racine donne à la divinité à la fois des caractères païens (les dieux grecs, vengeurs ou protecteurs, qui se mêlent des histoires humaines et y prennent parti) et des caractères chrétiens/jansénistes (un Dieu « caché », obscur et sourd, qui distribue peu sa grâce, et qui laisse la créature se débattre vainement). L'image de Dieu est donc assez négative. On a même pu dire que la tragédie est une « mise en accusation des dieux » (J. Scherer). Ils sont en tout cas omniprésents : les personnages sont hantés par les puissances invisibles et le monde est habité de présences (le monstre marin, par exemple), à la manière de la pensée archaïque (mythologie, légendes minoéennes, etc.). Plus encore, la divinité est cruelle : Vénus, après avoir poussé la mère de Phèdre (Pasiphaé) à des accouplements monstrueux (avec le Minotaure), assassine Phèdre par le désir ; Neptune accepte de mettre à mort Hippolyte, qu'il doit savoir innocent. Dès lors, la liberté des personnages est problématique : ils sont l'enjeu de querelles divines anciennes (v. 1276) qu'ils ne maîtrisent pas (v. 1569).

• **Rapprochements** : la vision spéciale de Racine est à rattacher à sa formation janséniste. On la retrouve chez Pascal, La Rochefoucauld, mais aussi chez Mauriac ou Bernanos. L'anthropomorphisme gréco-romain des dieux (ils sont passionnés, partiaux, chicaneurs, amoureux, capables de cruauté froide et inutile) est repris dans la plupart des pièces inspirées par la mythologie : Cocteau *(La Machine infernale)* ; Giraudoux *(La guerre de Troie...)* ; Sartre *(Les Mouches)*, etc.

## Enfers

•

• **Dans la pièce** : souvent évoqués, ils sont tantôt images de la souffrance humaine et des aberrations psychologiques, tantôt ils gardent leur fonction de lieu d'épreuve, de punition, de jugement (v. 12, 385, 390, 965, 1277, 1286). Ils permettent à l'imagination de mêler un rêve mythologique ou légendaire à une expression de l'angoisse. Les enfers sont, comme les dieux, à la fois païens (figures de la souffrance et de la nuit) et chrétiens (damnation, abîme, règne du Mal).

• **Rapprochements** : à côté du thème chrétien, la littérature insiste souvent sur le caractère allégorique des enfers. Les damnés revivent à jamais leur faute (car la damnation, c'est recommencer toujours : Sisyphe, les Danaïdes, Ixion, etc.) : dire les enfers, c'est nommer la démesure (voir ce mot). Les écrivains modernes ont souligné le caractère psychologique des images infernales : elles montrent la mort **sans** dieu, donc intéressent l'athéisme et l'absurde (Sartre : *Huis-clos* ; Beckett : *Fin de partie* ; Ionesco : *Le roi se meurt*, par exemple).

## Espace/fuite

• **Dans la pièce** : la tragédie est représentée par deux obsessions : fuir (la mer, la lumière, le « char », l'espace héroïque des exploits de Thésée, le rêve des amants) et rester (le palais de Trézène, chambre et tombeau, la nuit, le temple-prison). C'est la tension entre ces deux impossibilités qui crée la crise tragique. Hippolyte, surtout, ne songe qu'à s'échapper (v. 721), y compris avec Aricie (V, 1). Chez Phèdre, cette crise se formule essentiellement par le jeu des thèmes lumière/nuit (cf. ci-dessous). La présence-absence de Thésée contribue à la thématique, ainsi que des images qui évoquent à la fois la clôture et la fuite (la forêt ; le labyrinthe ; la mer où l'on part mais d'où sort le monstre tueur ; le voyage-recherche d'Hippolyte, revenu bredouille). Ce thème est à rapprocher du sujet tragique selon lequel toute fuite en avant ne fait qu'accélérer la catastrophe (aveu de Phèdre, intervention d'Œnone, volonté de savoir de Thésée, etc.).

• **Rapprochements** : le désir de fuir est un thème littéraire obsédant, l'écriture et la création étant en soi moyens d'évasion. Ce désir de quitter l'espace clos est d'abord révolte contre le temps (nostalgie de l'enfance, magie du souvenir, culte du rêve et de l'imaginaire), mais il ne peut se réaliser que dans le déplacement spatial (exotisme, voyage, aventure). D'où une désillusion ou une crise, sensibles surtout dans la poésie romantique (*René* de Chateaubriand ; *Chimères* de Nerval ; *Maison du berger* de Vigny ; et même *Azur* de Mallarmé – en passant par l'*Invitation au voyage* de Baudelaire, etc.). Rimbaud et Proust prolongent, à leur manière, la révolte contre la « fermeture » du temps (penser à « Départ » dans *Illuminations*). Le roman moderne insiste aussi sur le thème de l'espace à la fois ouvert et vide, où l'on attend vainement (Buzatti ; Gracq : *Le balcon en forêt* ; Camus), ce qui rejoint l'idée d'un monde vide de Dieu (Beckett : *En attendant Godot* ; Ionesco : *Les Chaises*).

## Fatalité (voir également Destin)

• **Dans la pièce** : la fatalité, originellement, c'est le « dit » (« fatum » en latin) des dieux. La fatalité est donc liée à des décisions divines antérieures, parfois archaïques, dont les effets continuent à se faire sentir. C'est l'hérédité qui attire la fatalité sur les personnages tragiques. Aveugle, inéluctable, irrévocable, la fatalité marque surtout le désarroi de la créature face à l'intervention divine. Sa forme concrète est la démesure, l'égarement, la violence. Le héros en a conscience (Phèdre : v. 249 ; Hippolyte : v. 1572) et y trouve une excuse à la folie qui l'agite. Le rappel constant de la mythologie et des ancêtres sert de leitmotiv poétique à la fatalité tragique.

• **Rapprochements** : la croyance en la fatalité suppose une volonté d'en-haut, donc une divinité. Elle rejoint l'idée de Providence des chrétiens, qu'on retrouve chez Rousseau, Lamartine, Hugo, Vigny. Les incrédules, en revanche, s'en moquent : Voltaire *(Zadig)*, Flaubert *(Trois contes)*. Mais, même chez les athées, on rencontre une idée de la fatalité, conçue comme l'impuissance de la liberté humaine, écrasée par le poids des événements inévitables : Diderot *(Jacques le fataliste)*, Maupassant *(Une vie)*, Beckett, par exemple.

## Folie/fureur

• **Dans la pièce** : les personnages raciniens traversent tous des états pathologiques. Phèdre peut être analysée comme un « cas » clinique : dépression, agressivité, délire maniaco-dépressif, visions hallucinées, comportement suicidaire, « fureur », etc. La folie est donc la forme la plus visible de la « démesure » (voir plus haut) : v. 250, 853, 1015, 1048, 1076, 1228, 1290, 1627, 1650. Le spectateur reçoit ce déchaînement comme une « horreur », mais aussi comme une approche mi-fascinée mi-inquiète (attirance/répulsion) de la part obscure de notre être. La folie est donc essentielle pour le fonctionnement de la « catharsis », c'est-à-dire de ce sentiment de soulagement qui subsiste une fois le rideau tombé, après le spectacle des pires déchaînements. Enfin la folie participe à la problématique de la liberté : quelle est la responsabilité d'un fou ?
• **Rapprochements** : la déraison est toujours relative et le roman insiste souvent sur les rapports entre la folie et le génie caché (*L'idiot* de Dostoievski, par exemple). Mais, pour nous en tenir à la folie liée à la maladie d'amour, deux tendances sont identifiables : une qui idéalise la folie du passionné (Prévost, Hugo, Stendhal, Balzac) ; l'autre qui insiste sur une analyse clinique, sombre et dégradée (Flaubert, Zola, Maupassant, Barbey d'Aurevilly, Villiers de l'Isle-Adam, Mauriac).

## Jalousie

• **Dans la pièce** : c'est la jalousie qui unit les deux faces de la passion (amour/haine) et qui explique que l'on passe de l'une à l'autre. Elle participe donc à une définition de l'amour, vécue comme une frustration et une angoisse. Racine y voit une preuve de l'instinct de possession propre à la nature humaine : dans la jalousie, c'est l'orgueil qui est blessé et qui demande réparation, quitte à tomber dans l'immoralité ou dans le crime. Noter que la jalousie est donc un ressort dramatique important : elle fait agir et pousse à des extrémités (IV, 6), en nourrissant le fantasme du jaloux.
• **Rapprochements** : la jalousie est une notion essentielle chez les moralistes contemporains de Racine : elle est l'image de l'amour-propre (La Rochefoucauld) et du mal qui habite tout homme, même grand seigneur (le prince dans *La Princesse de Clèves* de Mme de Lafayette). Penser aussi au *Misanthrope* de Molière. Mais, plus près de nous, la jalousie est un thème cher au roman d'analyse psychologique : *Un amour de Swann*, de Proust ; *Aurélien*, d'Aragon). Dans une perspective différente (jeu d'indécision entre réel et fantasme) : *La Jalousie*, de A. Robbe-Grillet.

## Labyrinthe (voir également Espace/fuite)

• **Dans la pièce** : la toile de fond de *Phèdre*, c'est l'histoire légendaire de Thésée, vainqueur du Minotaure, fils du Taureau et de Pasiphaé, donc demi-frère d'Ariane (v. 253) et de Phèdre. Le labyrinthe de Crète est une image centrale (v. 82, v. 649-659). Symboliquement, le labyrinthe illustre la situation morale et psychologique des personnages : « perdu » (Thésée), « égarée » (Phèdre), « errant » (Hippolyte), le héros se « cherche » sans se « trouver » (v. 548). Les « forêts, les « enfers », les couloirs du Palais avec ses « voûtes » sont d'autres connotations de la même image.

La parole elle-même est complexe, retorse, détournée : elle trompe, calomnie, égare, emprunte « mille détours ». Mauron (cf. p. 169) parle, à propos de Phèdre, d'« angoisse d'abandon ».

• **Rapprochements** : dans son *Antigone*, Anouilh compare la tragédie à une souricière. La tragédie se résume à une absence d'issue, malgré les tentatives désespérées pour fuir. Dans un labyrinthe, plus on s'affole, plus on se perd. L'image du labyrinthe, comme symbole de la complexité et des jeux de miroirs, a pris une place importante dans la pensée moderne, depuis Kafka *(Le Procès)* et Borgès *(Fictions)* au point de devenir le symbole même de la littérature (la bibliothèque-labyrinthe, chez Borgès ou U. Eco).

## Lumière/nuit

•

• **Dans la pièce** : étymologiquement, le nom de Phèdre évoque la lumière (la « brillante », en grec) et elle descend du Soleil. Aussi n'est-elle que flamme, amour brûlant, « feux ». Mais cette flamme est « noire » (v. 310) et coupable (v. 1645). Dès lors, Phèdre n'aspire qu'au tombeau (v. 172) ou à « l'ombre des forêts » (v. 176). Elle compare sa passion aux cavernes des enfers (v. 1977-1980). « Triste rebut » (v. 1241), elle jalouse la clarté sereine des amours « normales » (v. 1238-1240), celles d'Hippolyte et Aricie (v. 1112). La lumière devient donc un espace de regret ou de désir, impossible à atteindre. Il ne reste qu'à attendre la nuit, par la mort, à s'anéantir. Paradoxalement, le suicide est quête de lumière, de « pureté » (v. 1644).

• **Rapprochements** : cette thématique doit beaucoup au christianisme : l'homme est dans les « profondeurs » (« de profundis »), dans la « vallée de larmes », dans l'attente d'un paradis de lumière céleste. Le jansénisme renforce cette vision sombre, puisque l'homme est confronté à l'opacité de Dieu, entre « deux infinis » (Pascal) incompréhensibles. D'une autre manière, on retrouve des images de l'« obscur séjour » chez du Bellay (*L'idée,* et autres poèmes platonisants) ; chez Vigny *(Stello)*, J. Laforgue *(Les complaintes)*, Baudelaire (les « spleens »), etc.

## Monstre

•

• **Dans la pièce** : le terme a deux fonctions. Il désigne les manifestations aberrantes de la psychologie ou de la morale. Mais il est aussi utilisé pour évoquer les êtres chimériques (le Minotaure, le monstre marin du récit de Théramène). Comme les héros participent à la fois au comportement monstrueux (la fureur amoureuse de Phèdre, par ex.) et à la généalogie monstrueuse (Phèdre demi-sœur du Minotaure, par ex.), la tragédie devient un spectacle inquiétant, celui de pulsions primitives et difformes. Figure de l'inconscient, inavouable (cf. les théories de Mauron, p. 169), le monstrueux révèle la vraie force des passions et du désir – comme celui de Pasiphaé pour le Taureau. La mort d'Hippolyte, le juste, dévoré par le monstre marin résume la vraie nature du conflit tragique, celui de la démesure contre la raison impuissante. Le spectateur est invité à percevoir ses propres démons, obscènes et incontrôlés (inceste, sadisme ou masochisme, lutte à mort entre parents, etc.)

• **Rapprochements** : pour le classicisme, le monstrueux ne peut qu'être un repoussoir, antinomique de la raison, et il a partie liée avec l'imagination et la démesure. Le baroque, en revanche, s'amuse du monstrueux et le considère surtout comme un jeu pour l'imaginaire (pensons aux utopies de Cyrano de Bergerac, dans l'*Autre Monde*). C'est à partir de la fin du XVIII^e^ siècle que le monstrueux fascine. On quitte le simple merveilleux des fables (avec ses monstres gentils ou vite vaincus) pour s'intéresser à tout ce qui est anormal : *Le Diable amoureux* de Cazotte, les *Nuits parisiennes* de Rétif de La Bretonne, l'œuvre de Sade. Le courant du romantisme « frénétique » et du fantastique, au XIX^e^ s., se complaît dans les monstres (humains ou imaginaires) : Nodier, Gautier, Mérimée, Villiers de l'Isle Adam, Lautréamont. Mais les vampires, démons, automates animés, fantômes et autres doubles sont toujours la face cachée de notre âme, nos hantises ou nos obsessions.

## Mort

•

• **Dans la pièce** ; distinguer la mort comme monde de l'au-delà (cf. ci-dessus Enfers) et la mort réelle, « vécue », physique (le « mourir »). Dans ce deuxième sens, la tragédie est en soi mise-à-mort : une action simple, qui procède inexorablement, étranglant peu à peu le personnage, qui se débat vainement. Le temps tragique, c'est « la marche des heures » (Alain), le « compactage » d'une agonie. Le thème de la mort est exprimé de plusieurs manières : lyrisme du héros écrasé qui appelle la mort (I, 3 ; III, 1 ; V, 7) ; dramatisation pathétique du combat homme/mort (les récits épiques : I, 1 ; I, 4 ; II, 2 ; III, 5 ; et V, 6) ; évocation de l'au-delà (enfers), etc.
• **Rapprochements** : le thème est immense, omniprésent. Il se relie au problème du destin et de la religion. Pour ne pas trop s'écarter du tragique, on retiendra surtout l'expression poétique de la mort : *Derniers vers* de Ronsard ; *La jeune captive* de Chénier ; *Pauca meae* de Hugo *(Contemplations)* ; la poésie romantique (Lamartine, surtout). De même, on pourra rapprocher des textes insistant sur la vanité des grandeurs humaines face à la puissance de la mort (Bossuet et Pascal, après Montaigne).

## Parole/silence

•

• **Dans la pièce** : les conceptions tragiques de Racine impliquent que la parole soit tout le moyen du drame. Aucun événement physique ou concret important ne se voit sur scène – d'où le long récit de Théramène, à la fin. La parole est donc médiation et agression. C'est la parole criminelle (de Phèdre, via Œnone) qui aveugle Thésée et qui tue Hippolyte. C'est la confidence relative à Aricie (IV, 4) qui transperce Phèdre et déclenche sa fureur. La parole est calomnie et révélation, mais elle peut aussi bercer d'illusions (consolation ou serments). En tout cas, celui qui se tait est condamné d'avance (Hippolyte). Enfin, *Phèdre* est une pièce lyrique : le sentiment s'y livre tout entier sous les diverses formes qu'il peut prendre dans le discours : tendresse (Aricie) ; émotion contenue (Hippolyte) ; violence (Phèdre) ; débat intérieur (monologues) ; poésie pure (cf. plus haut, p. 148)
• **Rapprochements** : le thème de la parole coupable et du silence des innocents est cher au XVII^e^ s. ; voir *La Princesse de Clèves* et la dénonciation du discours faux chez Pascal *(Les Provinciales)* ou chez les moralistes (La Bruyère et La Rochefoucauld). On retrouve le thème dans les jeux des « roués », au XVIII^e^ s. : Marivaux, Ch. de Laclos. Rousseau rêve d'une langue qui ne tricherait pas, qui serait en prise directe avec nos émotions, qui ne serait que « transparence » *(Confessions, Discours*

*sur l'origine des langues).* Tout le pouvoir trompeur des mots se résume dans la calomnie (Beaumarchais).

## Politique

•

• **Dans la pièce** : la question politique est moins importante chez Racine que chez Corneille. Racine utilise le conflit politique comme un moyen d'exaspérer des passions. Par exemple : lorsque Thésée est cru mort, comment se pose la question de sa succession ? Elle est, pour chacun, le moyen de régler un problème sentimental : Hippolyte veut rendre Athènes à Aricie (qui descend des Pallantides, les anciens souverains exterminés par Thésée), ce qui est un moyen de se démarquer du père et de garder Aricie. Phèdre veut parler à Hippolyte pour son fils, mais elle est vite emportée par sa passion et oublie la politique pour avouer son amour. Quand les événements se précipitent (le fils de Phèdre semble être choisi pour roi), Hippolyte s'insurge (pour Aricie), tandis que Phèdre veut bien lui sacrifier et son fils et le trône (v. 795 et suivants). Dès que Thésée réapparaît, le vrai visage de la politique se révèle : une affaire de famille, où l'on se déchire non par intérêt mais par pulsions de rejet (Thésée face à Hippolyte) ou de désir (Phèdre). Comme le dit Hippolyte, au sens propre, on ne « peut pas se voir » (v. 669). On frôle la « vendetta », la « horde primitive » (comme dit Barthes), où les humeurs jalouses comptent plus que les ambitions publiques.

• **Rapprochements** : la littérature montre volontiers que les enjeux politiques n'ont pas toujours grand rapport avec l'idéal et les convictions. La politique masque le jeu des intérêts et des désirs. La vision de Racine est plus spéciale : les hommes règlent des conflits amoureux sous couvert de débats de succession. On retrouve des idées analogues chez Pascal (« Justice », dans les *Pensées*) et dans les *Fables* de la Fontaine. Mais voir aussi les *Mémoires* de Saint-Simon ou Stendhal *(Le Rouge et le Noir).* Ce pessimisme est un thème propre à Balzac *(La Comédie humaine),* dont on retrouve des traces chez Flaubert *(L'Éducation sentimentale).*

## Regards

•

• **Dans la pièce** : la critique moderne (notamment J. Starobinski) a beaucoup insisté sur le rôle du regard chez Racine. On a peur de voir, peur d'être vu. Car on sait le pouvoir des sens sur la raison (v. 134, 410, 436) : l'apparition de l'autre est éblouissement (v. 273 et suivants), et on risque de se dévoiler, de se trahir. Il en résulte un affolement qui égare la conscience : on interprète mal tel regard (v. 1230, 910) ou tel échange de regards, et c'est le malentendu. Phèdre veut mourir pour échapper à la lumière (cf. plus haut), c'est-à-dire aux regards qui l'assiègent, et elle vient mourir devant eux tous rassemblés. En revanche, Thésée, qui veut tout voir et qui enquête (v. 974), est aveugle et ne voit qu'à travers « un nuage odieux » (v. 1431). Là aussi, la « vue » apporte le malheur.

• **Rapprochements** : l'homme sous le regard d'autrui, transparent pour autrui, devient un martyr (Sartre : *Huis-Clos*). Le thème moraliste de l'homme toujours masqué ou comédien (pour n'être pas vu tel qu'il est) rejoint le même sujet : c'est un des refrains de l'humanisme. Voir « l'être et le paraître », chez Montaigne, Diderot, Balzac, Sartre. Pascal *(Imagination),* Molière *(Dom Juan, Tartuffe),* La Bruyère et La

Rochefoucauld ironisent sur ce jeu de masques. Mais, dans le récit d'amour, le jeu de regards est essentiel (l'apparition, la complicité silencieuse, le « coup de foudre », la peur d'être reconnu) : voir chez Stendhal *(La Chartreuse de Parme)* ou au début de l'*Éducation sentimentale* (Flaubert), entre autres.

## Solitude

•

• **Dans la pièce** : le personnage tragique est solitaire (et d'ailleurs on meurt toujours seul). Ses rencontres ou ses complicités lui sont souvent fatales ou interdites. Phèdre est par excellence l'héroïne solitaire. On le perçoit surtout dans sa capacité à s'analyser et à se juger. Malgré sa mauvaise foi et ses hallucinations, elle se complaît jusqu'au masochisme à disséquer sa maladie d'amour. Cet isolement est marque d'une dépossession de soi, car l'analyse n'aboutit jamais à améliorer ou à faire évoluer l'état psychologique. Elle se connaît mais cette lucidité ne sert à rien. Car Phèdre ne s'appartient pas, elle subit l'atavisme de son sang et une fatalité qui l'écrase.

• **Rapprochements** : on retrouve ici la conception pascalienne (et janséniste) de la créature incapable d'assumer la conscience de soi et esclave du « divertissement ». « Vague des passions », « mal du siècle », « spleen », conscience de l'absurde, incommunicabilité : la littérature a donné bien des noms à la même réalité psychologique, le malheur d'être seul.

(Les occurrences de vers sont entre parenthèses).

**Achéron** (12, 626) : fleuve de Grèce dont le cours allait jusqu'aux enfers ; d'où, par extension, les enfers eux-mêmes.

**Alcide** (78, 470, 1141) : Hercule, car il est descendant d'Alcée.

**Amazones** (204) : filles de Mars, dieu de la guerre, femmes réputées pour leur courage au combat.

**Antiope** (125) : reine des Amazones, première épouse de Thésée et mère d'Hippolyte.

**Aricie** : personnage inventé par Racine, descendante des Pallantides.

**Attique** (507) : péninsule au sud-est de la Grèce.

**Cocyte** (385) : autre fleuve des enfers.

**Cercyon** (80) : brigand tué par Thésée.

**Crète** (82, 505, 643, 649) : île où régnait Minos, père de Phèdre, et où se trouvait le labyrinthe abritant le Minotaure.

**Diane** (1404) : déesse de la chasse (Artémis) qui protège Hippolyte.

**Égée** (269, 497) : roi d'Athènes, descendant d'Érechthée, renversé par ses neveux les Pallantides, replacé sur le trône par son fils Thésée.

**Élide** (13) : région à l'ouest du Péloponnèse.

**Épire** (730, 958, 978) : région au nord-ouest de la Grèce où l'on situait les enfers.

**Érechthée** (426) : roi fondateur d'Athènes.

**Hélène** (85) : princesse de Sparte, née d'une mortelle (Léda) et de Jupiter, mariée à Ménélas, qu'elle quitta pour Pâris, ce qui provoqua la guerre de Troie.

**Hercule** (122, 454, 943) : héros auteur de nombreux exploits (les Douze Travaux) ; Thésée fut l'un de ses compagnons. En grec, on le nomme Héraclès.

**Hippolyte** : fils de Thésée et d'Antiope.

**Icare** (14) : fils de l'architecte Dédale (qui construisit le labyrinthe de Crète) ; il voulut s'en échapper en se fabricant des ailes collées par de la cire, mais en volant trop près du soleil, il la fit fondre et tomba dans la mer qui porte son nom.

**Junon** (1404) : épouse de Jupiter (Héra).

**Jupiter** (862) : premier des dieux de l'Olympe (Zeus).

**Labyrinthe** (656) : construit en Crète par Dédale, sur ordre de Minos, pour y enfermer le Minotaure.

**Médée** (1638) : magicienne, descendante du Soleil (comme Pasiphaé et Phèdre) ; elle s'éprit de Jason et l'aida dans sa quête de la Toison d'or avec ses Argonautes ; abandonnée par lui, elle se vengea en assassinant ses enfants nés de Jason et se réfugia à Athènes.

**Minerve** (360) : nom latin d'Athéna, qui édifia les murs d'Athènes, selon la légende.

**Minos** (36, 644, 755, 1280) : roi de Crète, époux de Pasiphaé, père de Phèdre et d'Ariane. Sa sagesse lui valut, après sa mort, de siéger comme juge aux enfers.

**Minotaure** (82) : homme à tête de taureau, né de l'amour monstrueux de Pasiphaé pour un taureau. Enfermé dans le Labyrinthe, on lui sacrifiait chaque année sept jeunes gens et sept jeunes filles d'Athènes. Il fut tué par Thésée, aidé par le fil d'Ariane.

**Neptune** (131, 550, 621, 1065, 1158, 1178, 1190, 1484) : dieu de la mer, protecteur de Thésée.

**Olympe** (1304) : montagne au nord de la Grèce où la légende place le séjour des dieux.

**Pallantides** (53, 330, 424, 426, 1124) : descendants de Pallas, qui disputèrent le trône d'Athènes à leur oncle Égée, mais Thésée les massacra tous pour devenir roi d'Athènes.

**Parque** (469) : les trois Parques sont les divinités de la mort qui « filent » nos destins.
**Pasiphaé** (36, 250) : fille du Soleil, épouse de Minos, mère de Phèdre, d'Ariane et du Minotaure.
**Péribée** (86) : épouse de Télamon, roi de Salamine (le père d'Ajax), aimée et abandonnée par Thésée.
**Pirithoüs** (384, 962) : compagnon de Thésée.
**Pitthée** (478, 1103) : roi de Trézène, grand-père de Thésée, précepteur d'Hippolyte.
**Procuste** (80) : brigand tué par Thésée.
**Scirron** (80) : idem.
**Sinnis** (80) : idem.
**Ténare** (13) : cap sud du Péloponnèse.
**Thésée** : fils d'Égée, et son successeur, après avoir délivré Athènes du Minotaure. Il enlève et épouse Antiope (de qui naît Hippolyte). À la mort d'Antiope, il épouse Phèdre.
**Vénus** (61, 123, 249, 257, 277, 306, 814) : déesse de l'amour (Aphrodite), elle poursuit de sa haine les descendants du Soleil qui révéla, à tous les dieux, ses amours clandestines avec Mars.

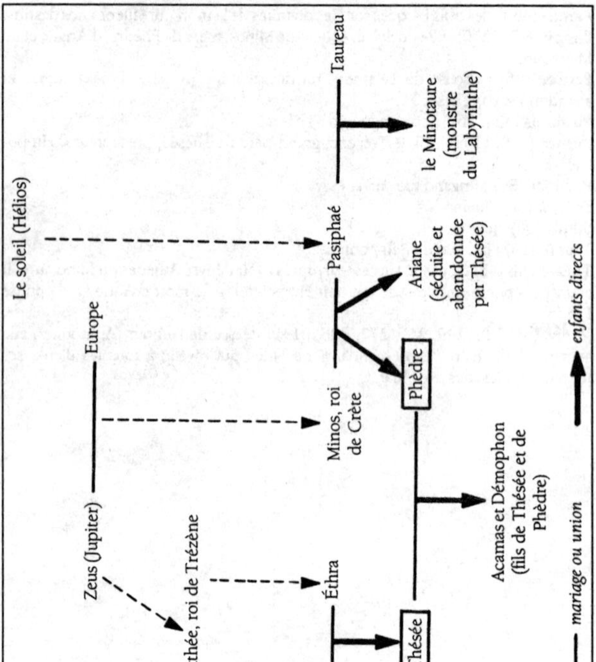
La terre (Gaïa)
Érechthée, roi et fondateur d'Athènes
Pandion
adopte
engendre
Égée (roi d'Athènes)
Pallante
les Pallantides et Aricie
Zeus (Jupiter)
Europe
Pitthée, roi de Trézène
Éthra
Thésée
Antiope
Hippolyte (fils de Thésée et d'Antiope)
Acamas et Démophon (fils de Thésée et de Phèdre)
Minos, roi de Crète
Phèdre
Le soleil (Hélios)
Pasiphaé
Ariane (séduite et abandonnée par Thésée)
Taureau
le Minotaure (monstre du Labyrinthe)
descendance
mariage ou union
enfants directs

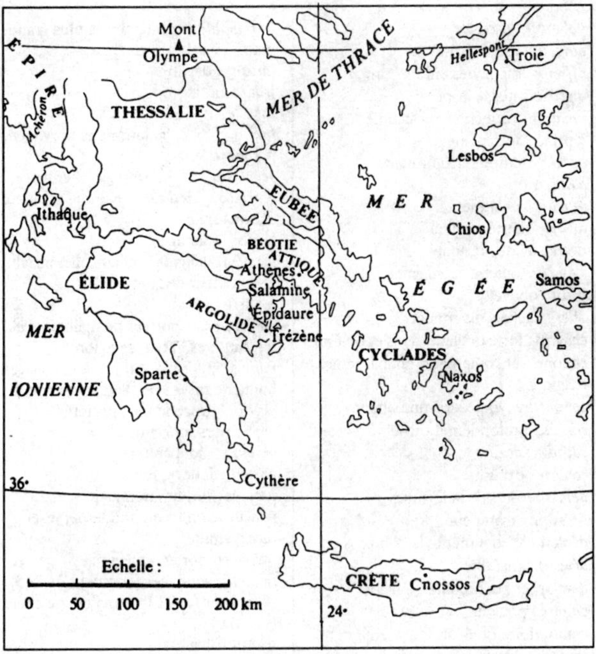
Mont
Olympe
ÉPIRE
Achéron
THESSALIE
MER DE THRACE
Hellespont
Troie
Lesbos
EUBÉE
MER
Ithaque
Chios
BÉOTIE
ATTIQUE
Athènes
ÉLIDE
Salamine
ÉGÉE
Samos
ARGOLIDE
Épidaure
MER
Trézène
CYCLADES
Naxos
Sparte
IONIENNE
36°
Cythère
Echelle :
0 50 100 150 200 km
CRÈTE
Cnossos
24°

*abhorrer* : détester
*adresse* : artifice, ruse
*affreux* : digne des enfers
*aigrir* : irriter, exaspérer
*amant(e)* : qui aime et est aimé
*à peine* : avec peine
*ardeur* : flamme, feu brûlant
*assez* : trop
*attentat* : châtiment
*audace* : fierté, orgueil
*avare* : avide, insatiable
*avouer* : soutenir, confirmer
*bruit* : nouvelle
*céler* : cacher, dissimuler
*chagrin* : forte douleur, refus et sévérité
*charme* : envoûtement, enchantement magique
*commettre* : exposer à un danger
*confus* : profondément troublé
*courage* : cœur
*couvrir* : excuser
*débris* : restes de la fortune
*décevant* : trompeur
*déplorable* : qui mérite la compassion
*détester* : maudire
*développer* : débrouiller, élucider
*empire* : pouvoir
*ennui* : forte douleur, tourment
*envier* : refuser
*éprouver (s')* : résister
*étonner* : frapper comme le tonnerre, stupéfier
*fâcheux* : gênant, importun
*fers* : chaînes de l'amour
*feu* : passion amoureuse
*fier* : orgueilleux, farouche
*flamme* : celle de l'amour
*foi* : serment amoureux, confiance, fidélité
*formidable* : qui inspire la plus grande peur
*fortune* : destin
*front* : air, attitude
*funeste* : mortel
*fureur* : folie, notamment provoquée par la passion
*gêne* : supplice, torture, « géhenne »
*généreux* : bien né, qui a une grandeur d'âme innée
*hymen* : mariage
*langueur/languir* : mélancolie, instabilité, douleur de l'amour
*lumière* : vie
*malheureux* : porteur de malheur, fatal
*méchant* : criminel (sens fort)
*misère* : infortune propre à la créature humaine privée de Dieu, désespoir
*neveux* : descendants, postérité
*objet* : personne aimée
*ombrage* : soupçon
*parfait* : achevé, fini
*profane* : impur, incestueux
*pudeur* : confusion, modestie, réserve
*race* : famille
*ravir* : emporter, enlever
*respirer* : souhaiter fortement (v. 745) ; se reposer (v. 943) ; exhaler une odeur (v. 1270)
*séduire* : tromper
*sexe* : les femmes
*soin* : souci, peine amoureuse
*superbe* : orgueilleux
*tête* : personne, être
*tout d'un coup* : d'un seul coup
*trait* : celui qu'envoie le dieu amour, ses flèches
*travaux* : exploits
*triste* : très sombre, funeste
*troubler* : affoler
*vœux* : désirs amoureux

## TABLE DE FRÉQUENCES



Le lexique de *Phèdre* comporte environ 1 600 mots – ce qui est sobre, pour 1 654 vers. Outre les pronoms (« je » apparaît 580 fois, par exemple) et les noms propres, les mots les plus employés sont les formes du verbe « être » (136 fois).

*Les termes qui recouvrent un thème sont, dans l'ordre de fréquence, les suivants :*

| | | | |
|---|---|---|---|
| voir | 84 | mort | 25 |
| pouvoir | 79 | craindre | 24 |
| œil | 63 | crime | 22 |
| dieu | 53 | cacher | 21 |
| vouloir | 47 | douleur | 20 |
| cœur | 45 | cruel | 19 |
| amour | 38 | peine | 19 |
| oser | 38 | ennemi | 18 |
| sang | 37 | horreur | 18 |
| dire | 35 | funeste | 17 |
| aimer | 33 | monstre | 17 |
| savoir | 32 | partir | 17 |
| jour | 30 | parler | 16 |
| fuir | 29 | connaître | 15 |
| venir | 29 | entendre | 15 |
| ciel | 28 | fureur | 15 |
| devoir | 28 | haîne | 15 |
| chercher | 27 | malheur | 15 |
| aller | 26 | discours | 14 |
| croire | 26 | seul | 14 |
| mortel | 26 | silence | 14 |

ensuite apparaissent entre 13 et 10 fois : innocent, malheureux, odieux, sortir, trouble, brûler, coupable, fatal, flamme, affreux, charme, hélas, souffir, injuste.

# LEXIQUE TECHNIQUE

(Entre parenthèses : une occurrence faisant exemple.)
*accumulation* : juxtaposition de termes qui mettent la même idée en valeur (638-639)
*allégorie* : personnification d'une abstraction (469)
*allitération* : répétition du même phonème consonantique (158)
*anaphore* : répétition placée au début de phrases ou de vers (163)
*antiphrase* : dire une phrase (ou un mot) pour faire entendre son contraire (634)
*antithèse* : juxtaposition de mots ou d'idées qui font contraste (276)
*apostrophe* : interpellation directe (1285-1290)
*assonance* : répétition du même phonème vocalique (254, 1543)
*asyndète* : suppression de liaison (273)
*césure* : pause à l'intérieur du vers
*chiasme* : disposition des termes ou des idées en forme croisée : A B C < > C' B' A' (124, 1265-1266)
*diatribe* : critique violente (207-212)
*diérèse* : prononciation d'une diphtongue en deux syllabes distinctes (pas-si-on)
*distique* : couple de vers unis et séparés (1143-1144)
*ellipse* : suppression d'un ou plusieurs mots (114-115)
*euphémisme, euphémisation* : atténuation dans l'expression de phénomènes choquants ; voyez antiphrase, litote
*euphonie* : plaisir auditif provoqué par l'harmonie des sons (36)
*hyperbole* : exagération dans la formulation (82)
*litote* : atténuation, diminution de l'expression [« je ne te hais point » = je t'aime] (575)
*oxymore* : alliance de termes qui devraient se contredire (126, 310)
*paronomase* : rapprochement de mots aux sonorités voisines mais de sens différents (1228)
*performatif* : énoncé constituant l'acte même qu'il énonce, par le fait de l'énoncer.
*prétérition* : prétendre ne pas parler de ce que l'on dit pourtant (317)
*stichomythie* : répliques vers à vers, accélérant le rythme émotif (246 et s.)
*synecdoque* : désigner une chose par sa partie [« voile » = bateau ; « toit » = maison] (11)
*synérèse* : prononciation d'une diphtongue en une seule syllabe (pas-sion) ; cf. diérèse

## Ouvrages généraux et lectures du XVII^e siècle

A. Adam, *Histoire de la littérature française au XVII^e siècle*, tome IV, Del Duca, 1954.
P. Bénichou, *Morales du Grand Siècle*, Gallimard, 1948, rééd. en coll. « Folio ».
L. Goldmann, *Le Dieu caché*, Gallimard, 1956, rééd. en coll. « Tel ».
J. Starobinski, *L'Œil vivant*, « Racine et la poétique du regard », Gallimard, 1968 (épuisé).
V. L., Tapié, *Baroque et classicisme*, livre II, chap. IV « Classicisme et baroque français », Plon, 1957.
J. Truchet, *La Tragédie classique en France*, 1975, 2^e éd. P.U.F., 1989.

## Sur Racine

J. Backès, *Racine*, Paris, Le Seuil, 1978.
R. Barthes, *Sur Racine*, Paris, Le Seuil, 1963.
P. Butler, *Baroque et Classicisme dans l'œuvre de Racine*, Paris, Nizet, 1958.
R. C. Knight, *Racine et la Grèce*, Paris, Nizet, 1950.
Ch. Mauron, *L'Inconscient dans l'œuvre et la vie de Racine*, Gap, Ophrys, 1957.
R. Picard, *La Carrière de Racine*, Paris, Gallimard, 1956.
J. Pommier, *Aspects de Racine*, Paris, Nizet, 1954.
J.-J. Roubine, *Lectures de Racine*, Paris, Colin, 1971.
J. Scherer, *Racine et/ou la cérémonie*, Paris, P.U.F., 1982.

## Sur Phèdre

J.-L. Barrault, *Phèdre*, coll. « mises en scène », Le Seuil, 1946.
Ch. Dédéyan, *Racine et sa Phèdre*, SEDES, 1978.
Th. Maulnier, *Lecture de Phèdre*, Paris, Gallimard, 1943.
Ch. Mauron, *Phèdre*, Paris, Corti, 1968.
E. Méron, « De l'*Hippolyte* d'Euripide à la *Phèdre* de Racine : deux conceptions du tragique », XVII^e siècle, 1973, n° 100.
J.-M. Pelous, « Métaphores et figures de l'amour dans *Phèdre* », *Travaux de linguistique et de littérature*, 1981, n° 2.

## Discographie

*Phèdre*, II, 5, par Sarah Bernhardt, dans « Stars et monstres sacrés », coll. « Documents » du Musée d'Orsay, édition en disque compact par Adès, 1987.

## Filmographie

*Phèdre*, réalisé par Pierre Jourdan pour la télévision, avec Marie Bell, Claude Jourdan et Jacques Dacqmine, en 1968.
*Phaedra*, réalisé par Jules Dassin, avec Mélina Mercouri, Anthony Perkins et Raf Vallone ; adaptation dans la Grèce des années 1960 – très libre et discutable, Hippolyte cédant à Phèdre volontiers !

## Opéra

*Hippolyte et Aricie*, de Rameau, sur un livret de l'abbé Pellegrin, inspiré de Racine (1733) ; la version la plus disponible est celle de J.-Cl. Malgloire, chez CBS.

Achevé d'imprimer en Espagne par Black Print
Dépôt légal : avril 2019 - Edition n° 01
**65/1804/9**